Gerhard Roos

MILCH und HONIG

Nachkriegsleben

Meiner verstorbenen Frau Christel
in liebevoller Erinnerung

roos-gerhard-autor.de

Impressum

© 2022 Gerhard Roos
Herstellung und Verlag:
BoD – Books on Demand, Norderstedt

ISBN: 978-3-7543-8497-8

Inhalt

Kaum zu glauben

Am frühen Abend des 26. Mai 1945, dem ersten Pfingstsamstag nach dem Ende des 2. Weltkrieges, wurde Helmut Hinkel am Bahnhof erwartet, der einst in der oberhessischen Wetterau für zwei Nachbardörfer nahe eines Bachlaufs gebaut worden war. Lotte, seine Frau, hatte durch ihren Nachbarn Heinz Winter erfahren, dass nun auch die Geschäftsführer und Vorarbeiter des Kraftwerks in Wölfersheim das von den Amerikanern besetzte Gelände verlassen dürften, wenn sie denn bereit waren, wieder täglich zur Arbeit zu kommen, um die Stromversorgung der Region und des ganzen Nordens der Stadt Frankfurt weiterhin zu sichern. Die normalen Kraftwerker wie Heinz, alles ältere Männer und inzwischen auch eine ganze Reihe jüngerer Frauen, waren schon früher in ihr Alltagsleben rückgegliedert worden. Der amerikanischen Besatzungsmacht war die geregelte Energieversorgung einige Lockerungen im Umgang mit den Beschäftigten wert.

Lotte war ziemlich nervös. Als ihr Mann aus dem Zug stieg und sie erleichtert, wenn auch erschöpft, herzhaft in die Arme nahm, liefen ihr Tränen des Glücks über ihr hübsches Gesicht. Man sah ihr ihre 41 Lebensjahre wahrhaft nicht an. Aber Helmut merkte sofort, dass sie mit irgendetwas Wichtigem beschäftigt und deshalb so aufgeregt war. Als sie die alte Lindenallee zum Dorf entlang gingen, legte er ihr den Arm um die Schulter und fragte ganz direkt: „So, Mädchen, was ist los mit dir?" „Ach", sie strahlte ihn an, „eigentlich wollte ich es dir erst daheim sagen, aber du hast´s halt gemerkt, dass es etwas Wichtiges gibt. Das Wichtige ist: Helmut, wir bekommen ein Kind. Ich bin schwanger!" „Mädchen!" Er legte ihr die Hände auf die Hüften und tanzte auf der holprigen Straße einige Dreher. Dann ließ er sie los und fragte: „Wie kann das jetzt sein?" Lotte versprach, ihm zu Hause beim Abendessen genau zu berichten, was ihr der alte Doktor Lohfink alles erklärt habe. Helmut sagte geduldig: „Gut, wenn der dich untersucht und dir die Erklärungen gegeben hat, will ich wohl bis nachher warten."

In ihrer Küche am gemütlichen Esstisch berichtete sie dann, was sie erlebt und der Arzt ihr erklärt hatte: „Als wir in den ersten Jahren nach unserer Hochzeit keine Kinder bekommen konnten, meinte er damals ja, vielleicht spiele unser Altersunterschied eine Rolle. Du bist schließlich 22 Jahre älter als ich. Natürlich hattest du damals schon drei Kinder gezeugt, aber ,die Natur spielt seltsame Spiele' meinte der Doktor. Jetzt hatten Dich im Februar die Nazis drei Wochen in Haft. Danach wäre wohl dein Same so kraftstrotzend gewesen, dass unsere erste Nacht danach den längst nicht mehr erhofften

Erfolg brachte. Ist aber gleichgültig. Ach, Helmut, ich bin so glücklich!" „Und meine Enkel bekommen jetzt eine erheblich jüngere Tante oder einen solchen Onkel." Beide lachten und beschlossen anschließend, Helmuts Kindern noch an diesem Pfingstwochenende die reichlich überraschende Nachricht mitzuteilen.

An diesem Abend lag Helmut noch lange wach, nachdem seine glückliche Frau neben ihm längst selig schlief. Wie ein Film lief ihm sein ungewöhnliches Leben noch einmal durch den Kopf. Ihm war, als wäre vieles gerade eben erst geschehen.

Seine Kindertage im elterlichen Bauernhof waren nicht anders als die anderer Dorfkinder. Spielen in den Gärten und auf den Gassen, selbstverständliche Mithilfe im Stall und auf den Feldern, eine Schulzeit ohne besondere Ereignisse. Immerhin war er eines der ganz wenigen Kinder des Dorfes, die täglich über die gerade fertiggestellte Teilstrecke der neuen Horlofftalbahn nach Friedberg zur Mittelschule fuhren. Außer ihm nur noch Norbert, der zweite Sohn des Metzger- und Gastwirtsehepaars Wolf sowie die kecke Erna mit den pechschwarzen Haaren und den blauen Augen, die älteste Tochter des Schneiders Weber und seiner Frau, der Hebamme. Sie war ein gutes Jahr jünger als die beiden Buben.

Sein Vater wollte ihn, den Ältesten und einzigen Sohn, gerne als Nachfolger auf dem Hof halten und sorgte deshalb dafür, dass er eine damals seltene richtige landwirtschaftliche Lehre bei dem Verwalter der Domäne erhielt, die zwölf Kilometer vom Dorf entfernt für ihn ganz gut mit dem Fahrrad erreichbar war. Er hatte dort aber auch seine Stube und kam nur ab und an nach Hause. Nach dem dritten Lehrjahr und seiner Prüfung blieb er vorerst auf der Domäne, weil sein Ausbilder nach einem Sturz in der Scheune und folgender Operation noch einige Zeit arbeitsunfähig war. Infolge dieser Umstände kam er erst nach längerer Pause einige Wochen nach seinem zwanzigsten Geburtstag zum Freitags-Tanz der alljährlich gefeierten Kirmes nach Hause.

Seine Eltern übertrugen ihm die Verantwortung für seine beiden knapp achtzehnjährigen Schwestern, die Zwillinge Marie und Emmi, und schickten die drei Geschwister zum Tanzvergnügen in das Gasthaus Wolf. Während sich die beiden Mädchen zu seiner Verblüffung direkt zu zwei Burschen aus dem Nachbardorf setzten, die ihnen sichtlich Plätze frei gehalten hatten, überschaute er das jugendliche Gewusel in der Hoffnung, einige vertraute Gesichter zu finden. Plötzlich fiel ihm auf, dass er von einem der Mädchen mit deutlich interessiertem Lächeln beobachtet wurde. Beim genaueren Hinsehen erwies sich dieses als seine frühere Schulkameradin Erna, die inzwischen zu einer bildhübschen jungen Frau erblüht war. Pechschwarze wellige Haare, blaue Augen, eine ganz seltene Zusammenstellung. Sogleich holte er sie zum nächsten Tanz. Seine Fürsorge für seine Schwestern war schlagartig verflogen, er sah nur noch Erna, saß mit ihr zusammen an einem der langen Tische oder tanzte mit ihr ohne auf andere Leute zu achten bis in den frühen Morgen. Mehrere Male gingen sie aus der schlechten Luft des Saales nach außerhalb und küssten sich atemlos. Beim dritten oder vierten Mal erklang plötzlich aus einer dunklen Ecke die helle Stimme seiner kleinen Schwester Emmi: „Du sagst den Eltern nichts, wir halten auch dicht. Abgemacht?" So ging seine Bruderautorität endgültig verloren.

Erna erzählte ihm im Laufe der Veranstaltung, dass sie in die Fußstapfen ihrer Mutter getreten sei und seit der Beendigung der Mittelschule bei einer Hebamme im nahen Städtchen Nidda mitarbeite und somit nun zur Hebamme ausgebildet sei. Da ihre Mutter inzwischen mit leichten gesundheitlichen Schwierigkeiten kämpfe, wolle sie nun die eigene Zulassung beantragen und ab Anfang des neuen Jahres mit ihr zusammen arbeiten, der große Bezirk würde sicher beide bei Mutters Einschränkung genügend beschäftigen. „Dass es Mutter nicht so gut geht, hat einen überraschenden Grund. Vierzehn Jahre nach der Geburt meines zweiten Bruders Jakob ist sie wieder schwanger. Und wenn das Kind dann da ist, wird sie erst recht froh sein, dass ich bei ihr mitarbeite."

Alle drei Hinkel-Geschwister waren rechtzeitig zum Stalldienst wieder zu Hause und packten ohne eine Minute Schlaf munter ihre Arbeit an. Als sie die Kälber gefüttert hatte, zog sich ihre Mutter statt des Stallkittels eine saubere Schürze an und lief zum ausnahmsweise geöffneten Bäckerladen, um zur Feier der Kirmes die obligatorischen Eierwecke - Brötchen ähnlich derer, die es in dieser Gegend traditionell bei Beerdigungen gab - für das Frühstück einzukaufen. „Na, da hast du ja nun deine Drei alle auf einmal unter der Haube!", scherzte die Bäckersfrau, „Die Sorge bist du jetzt schon mal los." Agnes Hinkel verzog keine Miene, sollte doch keiner wissen, dass sie völlig ahnungslos war. Auf dem Rückweg plante sie schnell, wie sie sich verhalten wollte. Während sie sich mit ihrem Mann Johann für den Kirmesgottesdienst fein machte, setzte sie ihn von den Neuigkeiten und ihrem Plan in Kenntnis. Er war sofort bereit mitzuspielen.

Schließlich saßen alle Fünf wohlgekleidet um den Frühstückstisch. Nachdem jeder seinen Marmeladeweck verzehrt hatte, verkündete Mutter Agnes: „Heute Nachmittag gibt es für uns alle Acht eine

Kirmeskaffeetafel hier zu Hause, Kuchen habe ich genug gebacken - als ob ich gewusst hätte, dass ihr alle drei jemanden mitbringt." Kurzes verlegenes Schweigen, dann platzte die temperamentvolle Emmi heraus: „Bäckersch Elsbeth, die alte Tratsche!" Alle lachten herzlich und brachen dann zur Kirche auf. Erst während des Mittagessens fanden die Eltern Hinkel dann Zeit, sich berichten zu lassen, wer denn die drei Glücklichen wären. Die stillere Marie nannte den Sohn Otto des einzigen Obstbauern weit und breit. Der war der älteste Sohn der Familie Wolf und schon 24 Jahre alt. Bislang hatten ihn nur Bäume interessiert, wie man hörte, das hatte sich ja nun wohl geändert. Emmi berichtete von ihrem 21jährigen Jakob aus dem gleichen Nachbardorf. Er war der zweite Sohn des Dreschmaschinen- und Kartoffeldämpfer-Unternehmers Sargk und fest in dessen Unternehmen tätig.

Helmut nannte nun den Namen Erna Weber. „Donnerwetter", meinte sein Vater, „hast du einen guten Fang gemacht …" und verstummte sofort unter dem tadelnden Blick seiner Frau. Beide wussten, dass dieses Mädchen nicht nur eine außergewöhnliche Schönheit war, sondern auch klug und tüchtig. Zudem viel selbstbewusster als viele andere Mädchen in ihrem Alter und trotzdem ohne Überheblichkeit. Ihre Eltern waren gute Leute.

Im Kirmeszug durch das Dorf wanderten die drei Pärchen dann einträchtig mit, jeder konnte es wissen, sie „gingen nun miteinander".

Nachdem sich in den Folgemonaten alle drei Beziehungen als tragfähig erwiesen und sich ein gutes Einvernehmen mit den jeweiligen Eltern ergeben hatte, beschlossen die Geschwister, gemeinsam am Silvestertag ihre Verlobungen zu feiern. Alle vier Familien legten zusammen und mieteten Wolfs Saal. Der Wirt machte seinem Vetter aus dem Nachbardorf zudem noch einen Sonderpreis, sodass die Sache bezahlbar blieb.

Am folgenden Neujahrstag besuchten die frisch verlobten Burschen traditionell die Familien der Bräute. Helmut erinnerte sich, dass er ganz froh war, im Haus seiner zukünftigen Schwiegereltern sein zu können, nahe bei seiner Erna und im ruhigen Gespräch mit dem Schneider und der inzwischen schon gut sichtbar schwangeren Hebamme. Karl Weber verzichtete sogar wegen der Schwangerschaft seiner Frau auf seine geliebte Pfeife, die er sowieso nur außerhalb seiner Werkstadt anzündete. Die Kunden sollten im edlen Stoff keinen Rauchduft finden. Schmunzelnd betrachtete er das frisch verlobte Paar und fragte dann seine Frau: „Ist es nicht wie bei uns? Der Jüngling mit der hellen und das Mädchen mit der dunkleren Haut - wie Milch und Honig."

Alice Weber hatte sich schon länger vorgenommen, dem zukünftigen Schwiegersohn über ihre ungewöhnliche Herkunft und das damit zusammenhängende Aussehen Auskunft zu geben und ihn zu bitten, alles Wissen darüber für sich zu behalten. Es sollte genügen, dass man in der Gegend wusste, ihr eigenwilliger Akzent entstamme ihrer böhmischen Heimat. Diese Auskunft sollte er nun erhalten.

Im Nachsinnen über diese wichtige Stunde in seinem und Ernas Leben schlief er endlich ein, nachdem er noch einmal ganz vorsichtig seine Hand auf den Bauch seiner Lotte gelegt hatte, in dem ja nun sein viertes Kind heranwuchs.

Kriegsende

„Doktor, sagen sie mir bitte das heutige Datum!" Der mit einem Durchschuss im Oberarm schwer verwundete Oberleutnant Vieth war gerade aus einem fiebrigen Schlaf aufgewacht, sie hatten ihm im engen Bauch des einzigen fast unbeschädigten Tigers eine halbwegs erträgliche Sitzlagerung eingerichtet, und er war mehrere Tage nur entweder am Schlafen oder phantasierte in kaum verständlichen Worten. Nur den Namen Ilse konnten sie verstehen, wohl hundertmal. Jetzt ging es dem jungen schwäbischen Offizier sichtlich etwas besser.

Der blonde Stabsarzt Dr. Peter Makowski, mit seinen fast 41 Jahren der älteste der drei Männer im Panzer, antwortete ihm gerne. „Wir schreiben den 26. Mai 1945, morgen ist Pfingsten. Wie fühlen sie sich jetzt?" Er segnete insgeheim ihren seltsamen Fund, der ihnen vor zwanzig Tagen vor die Fahrzeuge gekommen war, kurz bevor ein kurzer Tieffliegerbeschuss, von welchem Gegner auch immer, vier Fahrzeuge der kleinen Panzerkolonne mit allen Mann Besatzung kurz und klein gemacht hatte. Ihr Marschbefehl war gewesen, möglichst den Vormarsch der Sowjettruppen in das riesige Waldgebiet im Norden des bayrischen Waldes zu irritieren und soweit zu verzögern, dass noch weitere

Reste der Panzerdivision zusammengezogen werden könnten, die bisher die Vorstöße der roten Armee nicht ohne Erfolge gestört hatten.

Ein Geschoss hatte das Scharnier auch ihres Turmes durchschlagen und einen Brocken des Deckels in Hermann Vieths Oberarm geschleudert. Ohne geeignetes Verbandmaterial und Medikamente wäre der Offizier sicherlich am Wundbrand gestorben. Zwei Tage zuvor jedoch hatten die fünf Panzer plötzlich am Rand einer Lichtung einen verlassenen amerikanischen Sanitätswagen aufgebracht, den Makowski rigoros plündern konnte. Besonders ein großer Salbentiegel mit der rätselhaften Aufschrift „Penicillin ointment, for open wounds and scab" (Penicillinsalbe, für offene Wunden und Schorf) hatte seine Begehrlichkeit geweckt, er hatte sie eingepackt. Aber: der Ami war also auch schon da!

In diese fast lächerliche Panzerkolonne war er geraten, weil sein Oberstabsarzt das mobile Frontlazarett, in dem er bis Ende April arbeitete, aufgelöst und ihn kurzerhand als Funker in den unterbesetzten Tiger gesetzt hatte, sicherlich, um ihm so einen relativ sicheren Rückzug zu ermöglichen. Sein Glück war sein Funkerschein. Nach Breslau, seiner Heimatstadt, gab es eh keine Rückkehr mehr. Mit dem Oberleutnant Hermann Vieth, der die fünf Panzer zu befehligen hatte, und dem rheinischen

Fahrer Jochen Schanz, dessen unverwüstlicher Humor manche schwierige Situation erträglicher machte, war die Rückwärtsbewegung aus Böhmen nach Bayern hinein gar nicht so übel - bis dann die beiden Tiefflieger das Inferno verursachten, das nur ihren Kasten und sie Drei übrig ließ.

Schanz hatte die Nerven, allen Treibstoff, den er aus den Trümmern der anderen Panzer bergen konnte, zu übernehmen und gedachte, sich damit weit aus dem relativ offenen Schrott- und Leichengebiet zu entfernen. Im Schritttempo erreichten sie schließlich einen dichten Hochwald und verkrochen sich vorerst so gut es ging. Das Funkgerät war intakt, aber der Äther sonderbar tot. Makowski vermutete im Riesenwald ein Riesenfunkloch.

Glücklich waren er und Schanz, dass die Wundersalbe dem Offizier offenbar wirklich geholfen hatte. Makowski wusste, der würde diesen Arm niemals mehr sinnvoll gebrauchen können, aber es gab auch zufriedene Einarmige auf dieser Erde.

Als Schanz das Datum hörte, wurde ihm plötzlich ganz wehmütig: „Morgen hat meine Braut ihren Zwanzigsten, und ich bin nicht zu Hause!" „Das ist nicht schlimm, jetzt schaffen wir das", brummte Vieth, aber alle drei wussten plötzlich, dass jeder verflixte Angst hatte.

Es war schon fast Abend und ihre Vorräte erwiesen sich als ziemlich aufgebraucht, da hörten sie plötzlich Hundegebell. Schanz versuchte durch seinen Sehschlitz zu erkennen, was da los sei. „Mensch, ein ganz rassiger Jagdhund, der hebt das Pfötchen und guckt uns an." Und schon erklang eine muntere Stimme: „Sei stad! Is da wer im Panzer? I bin der Förster, kommt´s ruhig aussa." Makowski drückte vorsichtig den defekten Deckel hoch und sah in geringer Entfernung tatsächlich einen Grünrock mit weißem Vollbart und einem typischen Hut der königlich-bayrischen Forstbeamten.

„Jo, traut´s eich ruhig, der Krieg is eh vorbei, schon seit dem achten Mai!" Vieth, völlig fertig vom Blutverlust, den Schmerzen und dem Fieber, weinte wie ein kleiner Junge, während Makowski und Schanz aus dem Turm kletterten und den alten Förster glücklich begrüßten. Schnell war besprochen, wie und wohin der schwer verwundete Offizier transportiert werden könne. Der alte Förster Aicher, der mit seinen achtundsechzig Jahren wieder aktiviert worden war, als alle jungen Kollegen an die Front gemusst hatten, organisierte mit einer kurzen Nachricht, die er seinem Hund unter das Führgeschirr schob, dass seine Frau den amerikanischen Sanitätsdienst, der in Furth im Wald vorübergehend lagerte, flott machte und den Verletzten abholen ließ. „Auffi, Wastl, spring hoam!" Und der Hund sauste los wie gejagt. Zu dritt schafften sie es dann, Vieth aus dem Turm zu heben und auf dem moosigen Waldboden in einem Sonnenfleck endlich hinzulegen.

Nach geraumer Zeit näherten sich ein Jeep und ein Sanitätskraftwagen der US-Army und brachten die ersehnte Hilfe. Der amerikanische Militärarzt, etwa im Alter Makowskis, stellte sich vor: „Doktor Johnny Bachmeyer, und wie heißen sie?" Verdutzt antwortete der müde Stabsarzt: „Doktor Peter Makowski. Woher können sie so gut deutsch?" „Erst kommt der Patient, dann die Lebensbeichte!" Bachmeyer und Makowski untersuchten gemeinsam Vieths Arm. Der Amerikaner war sehr erstaunt, dass nach so langer Zeit die Wunde so gut aussah. Als ihm Makowski die Salbe zeigte, grinste er: „Peter, jeder Raub hat was Gutes!"

Jochen Schanz durfte im Sanka mitfahren und sollte sich am „Standörtchen", wie Bachmeyer sagte, melden. Makowski konnte mit ihm den Jeep benutzen. Unterwegs erzählte er, dass seine jüdischen Eltern 1917 dem ersten Weltkrieg über die Schweiz entronnen seien, in die USA übergesiedelt und in Florida ein Hotel übernommen hätten, das sein Bruder heute führe. Er habe immer Mediziner werden wollen und sei durch die Invasion wegen seiner Deutschkenntnisse wieder nach hier gekommen. „Aber, Peter, als befreundeter Feind", ergänzte er, „mit dem festen Willen, beim Wiederanfang nach dem Krieg Hilfe zu leisten. Ich habe keine eigene Familie, also bin ich dafür frei."

„Das ist dankenswert, Jonny, aber was um Himmels Willen ist Penicillin?" „Ende der zwanziger Jahre hat der schottische Arzt Alexander Fleming zufällig entdeckt, dass bestimmte Schimmelpilze antibiotische Wirkung haben, also Bakterien abtöten können. Die amerikanische Pharmaindustrie hat das Zeug praxisgerecht gezüchtet. Wir verwenden es in Salben, aber auch in der Inneren Medizin. Ich denke, bei euch hat nie jemand davon gehört, der liebe Führer hat euch ja wissenschaftlich völlig vom Rest der Welt isoliert."

Inzwischen war es dunkel geworden. Die beiden Fahrzeuge bogen auf einen kleinen Platz, sichtlich ein Schulhof. Emsig eilten Sanitätssoldaten herbei, und wenig später lag Vieth bestens versorgt in einem Lazarettbett.

Als die beiden Ärzte den Bettenraum, wohl ein Klassenzimmer, verlassen wollten, wurde Makowski von einem riesigen rothaarigen Navysoldaten aufgehalten, der ihn recht höflich aufforderte: „Follow me, please!" In einem kleinen Büro empfing ihn ein Offizier, der gerade mit Hilfe einer jungen deutschen Frau als Übersetzerin die Personalien von Schanz aufgenommen hatte und ihn davon im Kenntnis setzte, er sei nun Kriegsgefangener und werde morgen in die Gegend von Nürnberg überstellt. Die gleiche Prozedur musste Makowski über sich ergehen lassen. Verwundert stellten beide fest, dass man ihnen Schlafplätze in einem kleinen Raum eingerichtet hatte, der nicht abgeschlossen wurde.

Am anderen Morgen wurden sie wieder von dem roten Riesen begleitet, der Schanz an eine lange Tafel verwies, wo die offensichtlich unteren Dienstgrade auf lustig kleinen Schülerbänkchen saßen und frühstückten. Makowski durfte sich zu den wenigen Offizieren setzen und erhielt einen Platz neben Jonny Bachmeyer. Während dieser dem Kollegen, der keine großen Englischkenntnisse besaß, als Übersetzer diente und so einige interessierte Fragen der Offiziere beantworten half, fing Schanz zu Makowskis großer Verwunderung sofort an, sich in geläufigem Englisch mit den Amerikanern zu unterhalten. Bald gab es brüllendes Gelächter. Schanz hatte offensichtlich einige gute Witze zum Besten gegeben.

Schließlich mussten beide wieder in ihre Kammer. Zwei Jeeps mit sichtlich einem Vorgesetzten waren vorgefahren. Nach kurzer Zeit begann ein emsiges Treiben, Lastwagen wurden gepackt, Vieth behutsam in den Sanka gehievt, die Schule wieder verblüffend ordentlich aufgeräumt, schließlich auch die beiden Gefangenen ordnungsgemäß mit Handschellen versorgt und zum Schluss getrennt in zwei Jeeps verfrachtet. Einen chauffierte der große Rothaarige. Lange vor Mittag war das Ganze perfekt erledigt, und der ganze Treck setzte sich Richtung Westen in Bewegung.

Nach zwei Pausen mit einfacher, aber guter Verpflegung erreichten die Fahrzeuge das seltsam tot wirkende Dorf Bernreuth am Rande des Truppenübungsplatzes Grafenwöhr. Zielsicher schwenkten die beiden Jeeps aus der Kolonne und stoppten kurz darauf vor einem Gebäude in der Dorfmitte. Hier brachte man die Beiden in eine mit Etagenbett ausgestattete schlichte Zelle, versorgte sie mit Abendessen und Tee und bewies ihnen durch Gebrauch des Schlüssels, dass sie nun wirklich Kriegsgefangene waren.

Schanz fragte mit plötzlich aufkommender Sorge: „Wie wird das wohl weitergehen, Herr Stabsarzt?" „Weiß ich auch nicht." Makowski schüttelte den Kopf, dann füllte er ihre zwei Gläser mit dem aus dem alten Hahn brav rinnenden Wasser, gab Schanz eines in die Hand und sprach feierlich: „Lieber Jochen, der Krieg ist aus, der Stabsarzt Geschichte und wir beide stecken in der selben Misere. Ich bin der Peter, und wir schaffen jetzt das ‚sie' ab. Prost, mein Junge!" Mit ernsten Gesichtern stießen sie mit den Wassergläsern an, tranken jeder einen Schluck und fingen dann plötzlich gemeinsam an, prustend zu lachen. Und Schanz stellte fest: „Mensch, Peter, was ein Glück, dass wir den Amis in die Hände gefallen sind und nicht den Sowjets. Hier die kann ich prima verstehen, schließlich habe ich mein Studium zum Englisch- und Französischlehrer fast fertig gehabt, als ich eingezogen wurde."

„Und ich habe mich schon gefragt, woher spricht der so gut Englisch. Wo genau kommst du eigentlich her?" Sie machten es sich, so gut es ging, auf dem unteren Bett bequem. Und Schanz begann zu erzählen.

„Mitten in Köln bin ich geboren, im Klösterchen, einem kleinen Krankenhaus mit alten Nonnen als Stationsschwestern, soweit meine Mutter berichtete. Vater hat eine kleine Buchhandlung in Porz. Arme Zeiten verderben das Geschäft, deshalb hat er sich schon früh ein zweites Standbein geschaffen, er hat ein Import-Geschäft für feines Leder. Bis 1941 lief das trotz der Grenzprobleme sehr gut, da er vorwiegend Lieferanten aus Italien hatte und die Wehrmacht bei seinen Kunden Stiefel in rauen Mengen bestellte. Dann ging es langsam bergab. Aber zum Leben reichte es wohl für die Beiden, denn wir drei Kinder brauchten von ihm kein Geld mehr. Meine große Schwester Irmela ist mit einem

Flugzeugingenieur nach Bremen verheiratet, der ist wehrnotwendig bei Messerschmidt beschäftigt und kann Frau und Kind gut ernähren. Mein etwas jüngerer Bruder Klaus, der bei Deutz Mechaniker war, und ich, der Student, sind - unfreiwillig - Soldaten geworden. Wo der abgeblieben ist, wusste bei meinem letzten Kontakt mit meinen Eltern niemand, Mutter fürchtet das Schlimmste. Auf ihn warten die Eltern, auch auf mich, aber da wartet auch noch meine Inge. Und die wissen nun auch von mir nichts." Er seufzte leise und schaute sehnsuchtsvoll durch das vergitterte Fenster in den unschuldigen Maiabend hinaus.

Am nächsten Morgen - schon etwa um Vier - war es mit der Grabesstille vorbei. Aus ihrem Gitterfenster beobachteten die Beiden, wie mit unzähligen Lastwagen Massen von abgemagerten deutschen Soldaten durch das Dorf gefahren wurden, immer Richtung Grafenwöhr. Die Fahrer und das Begleitpersonal waren allesamt farbige Soldaten.

Drei bis vier Stunden später brachte ihnen ihr ständiger rothaariger Begleiter einige Stücke Kommissbrot und ein Töpfchen hellbrauner Masse, die nach Erdnüssen roch und sich als Brotaufstrich erwies. Der Wasserhahn lieferte das Getränk. Beide waren noch am Kauen, da kam der Lange wieder und knurrte: „Come to the chief!"

Sie mussten nur zwei Räume weiter gehen und betraten einen Büroraum, an dessen Tür ein verkratztes und leicht angerostetes weiß-blaues Blechschild prangte: „Polizeipostenleitung". Aha, deshalb die Zelle im Haus! Der genannte offenbar leitende Offizier, ein Farbiger mit markantem Gesicht und aufmerksamen Augen, fragte Jochen Schanz, ob er dolmetschen wolle. Dieser nickte nur, und sofort begann eine haargenaue Befragung Makowskis nach Herkunft, Studienorten, beruflichem Werdegang und Einsätzen im Kriegsverlauf. Die Antworten stellten den Offizier sichtlich zufrieden. Danach richtete er auch an Schanz ähnliche Fragen, und auch dessen Antworten quittierte er mit einem freundlichen Lächeln.

Abrupt brach er seine Befragung ab und pfiff wie ein Gassenjunge auf den Fingern. Sofort öffnete sich die Tür und zwei farbige Soldaten packten die beiden Deutschen an je einem Oberarm und führten sie recht unsanft vor das Haus, schoben sie auf die Rückbank eines Jeeps mit dem langen Rothaarigen am Steuer und verschwanden wieder im Polizeiposten. In der Tür begegnete ihnen Bachmeyer, der vergnügt pfeifend auf dem Beifahrersitz Platz nahm und dem Langen zunickte.

Die nun folgende Fahrt wurde den Beiden auf den hinteren Sitzen zum Albtraum. Sie durchquerten den

Truppenübungsplatz Grafenwöhr in voller Länge. Auf beiden Seiten lagerten unzählige deutsche Soldaten. Farbige Amerikaner zogen rund um das riesige Gelände Zäune, die sie auf ihren Lastwagen herbeigeschafft hatten. Andere errichteten alte Biwakzelte in großer Menge. Ob die Deutschen eine Mahlzeit erhalten hatten, war nicht zu erkennen. Lange nachdem sie den Übungsplatz hinter sich gelassen hatten, hatte Makowski endlich die Sprache wiedergefunden und fragte seinen Vordermann: „Jonny, wohin fahren wir?"

Bachmeyer drehte sich soweit nach hinten, als es seine Uniform zuließ, und antwortete: „Wir sind nach Würzburg abkommandiert, dort wird ab sofort euer Militärkrankenhaus Lazarett für unsere verwundeten Kameraden und erfreulicher Weise auch verwundete Kriegsgefangene. Da wurde nichts Wichtiges zerstört, wir können direkt anfangen." „Wer ist wir?" „Na, ich als leitender Oberarzt, du als einer meiner Assistenzärzte - vor allem für deutsche Patienten - und der Witzeerzähler Schanz als Dolmetscher für die Verwaltung. Ich habe das so vorgeschlagen, und so wird es auch. Tausendmal besser als das Elend in Grafenwöhr."

Plötzlich ertönte die Stimme des rothaarigen Riesen: „Ist eine Schande so Menschen behandeln!" Bachmeyer starrte ihn ungläubig an: „Mensch, Thornton, Sie sprechen Deutsch?" „Ein wenisch lernen by Oma, Oma from Hannover." Und er verfiel wieder in sein bisheriges Schweigen.

Die nächste Frage, die den Beiden auf den Rücksitzen auf der Seele brannte, war natürlich die nach ihrem ehemaligen Offizier Vieth. Schanz war der Erste, der das aussprach. Wieder drehte sich Bachmeyer halb nach hinten, lächelte verschmitzt und orakelte: „Das werdet ihr gleich sehen." Die nächste Stunde schwiegen alle vier und hingen ihren Gedanken nach, einzig der lange Thornton begann irgendwann vor sich hin zu pfeifen, einen Jazztitel nach dem anderen. Überraschend sicher fand er seinen Weg, offensichtlich hatte er zuvor seine Karten, die aus dem Fach vor Bachmeyer hervor lugten, gründlich studiert.

Sie hatten gerade das Maintal erreicht, da sahen sie vor sich einen kleinen Konvoi von etwa zehn Fahrzeugen, zwei davon waren Sankas. Als sie nahe kamen, erkannten Makowski und Schanz den gesamten Fuhrpark des Behelfsstandortes Furth im Wald. Und wenig später in Würzburg bestätigte sich ihre Hoffnung, Vieth sei in einem der Sankas transportiert worden. Die beiden Ärzte gingen sofort zum Wagen, vergewisserten sich des befriedigenden Zustandes des jungen Offiziers und begleiteten ihn bis zur „admission" (Aufnahme), einem Tisch mit einem Trio junger und bestens gelaunter amerikanischer Soldaten, die sich sofort dankbar der Übersetzungskünste Bachmeyers bedienten.

Die drei fröhlichen Soldaten schnitten zu allererst von den deutschen Uniformen alles ab, was auf eine militärische Herkunft wies, auch Schanz wurde aus dem Jeep beordert und seines militärischen Schmuckes beraubt. Dann musste ihn der lange Thornton fußläufig in einen entfernteren Bereich bringen, während Makowski immerhin ohne weitere Begleitung mit Bachmeyer - und dem verletzten Offizier Vieth auf der Trage - ins Haupthaus geschickt wurde.

Das verbotene Dorf

Dankbar für die Entlassung und die unerwartete Schwangerschaft machten sich die Eheleute Hinkel am Pfingstsonntag auf den Weg zur Kirche. Das alte Gotteshaus war so voller Menschen, dass einige Jüngere stehen mussten. Und machtvoll erklang zum Eingang der Choral: „Nun danket alle Gott …". Pfarrer Ring, der eigentlich längst seiner schlechten Gesundheit wegen hätte im Vorruhestand sein sollen, hielt einen ergreifenden Dankgottesdienst für das Ende des Krieges und die Bewahrung des Dorfes vor jeglicher Zerstörung. Er vergaß aber auch nicht, der zahlreichen Männer zu gedenken, die als Soldaten gekämpft hatten, die gefallen waren oder über deren Verbleib es bislang keine Nachrichten gab.

Wie immer war seine Predigt sehr lebendig und spannend, Helmut aber verirrte sich in seinen Gedanken wieder zu der Stunde, als ihm Alice und Karl Winter die Herkunft von Ernas Mutter beschrieben hatten.

Alice Weber geborene Kurt war als vierte Tochter und sowohl sechstes als auch jüngstes Kind des Romapaares Fedor und Leona Kurt geboren worden. Sie hatte einige ihrer frühen Lebensjahre in zwei von Panjepferden gezogenen Planwagen verbracht, umherfahrend in der Tschechei, wo sie geboren worden war, in Oberösterreich und dem Burgenland, in Süddeutschland und in Frankreich. Zweimal war sie in dieser Zeit mit ihrer Familie zum großen Romatreffen die Rhone abwärts bis ans Mittelmeer gekommen. Sie hatten an der jährlichen Wallfahrt zur „Schwarzen Sara" in Le saintes maries de la mer teilgenommen.

Nach der zweiten Wallfahrt hatten ihre Eltern beschlossen, in Mähren sesshaft zu werden. Leona, die seit Jahren als Heilerin, Hebamme und Kräuterfrau tätig war, hatte ihren Mann zum zweiten Mal zur Wallfahrt genötigt, weil sie selbst recht krank und schwach war. Sie wollte gerne, dass ihre jüngste Tochter anschließend ihre Aufgaben als Hebamme und Kräuterkennerin übernehmen sollte. Angeleitet hatte sie diese längst. Alice hatte bereits unterwegs in den sogenannten Zigeunerlagern zahlreiche Kinder zur Welt bringen geholfen. Fedor Kurt trug einen serbischen Vornamen und sein Nachname war wohl türkischer Herkunft und bedeutete dann „Wolf". Er war, ohne auch nur eine einzige Note lesen zu können, ein begnadeter Geiger, aber auch ein hervorragender und verblüffend gebildeter Geschäftsmann.

Das „verbotene Dorf" war eine Art Kleinreservat der Roma. Der Beleg für die schon Jahrhunderte dauernde gewollte Anwesenheit der Roma auf böhmischem Gebiet war ein Schutzbrief, der am 17. April 1423 auf der Zipser Burg vom römischen Kaiser und böhmischen König Sigismund erteilt wurde. Der Text dieses Schutzbriefes sei erhalten.

Ab Mitte des 19. Jahrhunderts entwickelten sich erste ernste Abstoßungserscheinungen gegenüber der Minderheit der Roma. Im letzten Viertel begannen sich die Unterschiede zwischen Tschechen und Roma zu vergrößern. Schulpflicht und Fabrikarbeit führten zu einer Veränderung der Mentalität der tschechischen Gesellschaft, während die Roma sich nicht entwickelten. Aus einem Volk geschickter Handwerker und begabter Musiker wurde im Verlauf der Industrialisierung, der sich die Roma vermutlich nicht schnell genug anpassen konnten, eine sozial in jeder Hinsicht zurückgebliebene Bevölkerungsgruppe. Vor dem Ersten Weltkrieg waren ziemlich alle erwachsenen Roma Analphabeten, und infolge der Diskriminierung, der sie von der "weißen" Bevölkerung ausgesetzt waren, fehlte ihnen zudem die Motivation zur Bildung, denn auch gebildete Roma fanden in der Gesellschaft praktisch keine Anerkennung.

Anders die Bewohner des „verbotenen Dorfes", das im zu Mähren gehörigen Ländereck zwischen der Tschechei, der Slowakei und Österreich in den Sandwäldern nahe des Flusses March, tschechisch Morava, entstanden war.

Sie hatten ihre Musik sowie den Handel mit Österreich und der noch näher liegenden, nur per Boot erreichbaren Slowakei als Einnahmequellen und eine eigene gut aufgestellte Schule. Die Familie Kurt galt als besonders erfolgreich im Handel und Leona war wegen ihrer Kenntnisse die Führerin aller Frauen. Trotz ihrer gesundheitlichen Einschränkungen, die sich seit der Sesshaftigkeit immerhin erheblich verringert hatten.

Das „Amen" am Ende der Ringschen Predigt unterbrach die Gedanken Helmuts. Wie immer war er froh, dass Ernas Mutter damals evangelisch geworden war und damit fest im Dorf verankert. Von ihrer Roma-Herkunft wussten nur ihre Familie und der damalige Pfarrer Zickrad.

Der hatte, völlig illegal, seinerzeit einen ordentlichen „Abschrift"-Eintrag einer ihm niemals vorgelegten Heiratsurkunde im Kirchenbuch vorgenommen. Eine solche gab es auch nicht, denn das Ehepaar Weber war nach Roma-Sitte verheiratet. Der erste Beischlaf galt als Vollzug der Eheschließung. Der Kirchenbucheintrag war die Legalisierung für die großherzoglichen Amtsstuben. Pfarrer Zickrad hatte dann auch für die notwendige Notiz im erst vor wenigen Monaten aufgrund des Großherzoglich-Hessischen Personenstandsgesetzes von 1876 geschaffenen Standesamt gesorgt.

Endlich frei

Der Wunsch seines nunmehr Chefs Jonny, ihn und Jochen Schanz aus Grafenwöhr mitnehmen zu können, war sowohl für Peter selbst als auch für Jochen ein echter Segen. Dafür, dass sie Kriegsgefangene waren, ging es ihnen gut. Der lange Thornton, der Jonnys Bursche war, hatte sich zugleich darum zu kümmern, dass sie nicht flohen und dass es ihnen an nichts fehlte. Für Jochen traf das nur sehr eingeschränkt zu. So dankbar er war, dass er passabel versorgt und mit einer wichtigen Aufgabe betraut war, so sehr sehnte er sich nach seiner Inge und trug schwer daran, dass wohl seine Eltern nichts über ihre Söhne in Erfahrung bringen konnten. Und ob alle drei in Köln noch am Leben waren, wusste er schließlich auch nicht.

Allmählich wurden die kleinen amerikanischen Feldlazarette entlang der Front und in den Beneluxstaaten aufgelöst. Die verletzten Soldaten zog man in wenigen großen Lazaretten zusammen, das wohl größte wurde das in Würzburg. Zum Glück kamen auch genügend Ärzte mit, um eine ordentliche Versorgung zu ermöglichen. Einige waren Deutsche wie Peter Makowski und wurden ebenso respektvoll behandelt wie dieser. Da viele von ihnen humanistische Bildung genossen hatten und kaum Englisch verstanden, wurde

Jochen Schanz als Dolmetscher zum Ärzteteam kommandiert. Bachmeyer wäre völlig überfordert gewesen.

Der letzte Transport kam gegen Ende Juli aus dem Harzvorland. Der im Jaltaabkommen vereinbarte Tausch der Besatzungsgebiete zwischen den Amerikanern, den Engländern und den Sowjets war voll im Gange. Amerika bestand gemeinsam mit England und Frankreich auf Teilen von Berlin, wo bislang die Sowjets alleine saßen. Dafür zogen sich die westlichen Alliierten zugunsten der Sowjets hinter die alten Grenzen von Mecklenburg, Brandenburg, Sachsen-Anhalt und Thüringen zurück. Bevor dieser Austausch fertig vollzogen war, mussten natürlich auch bestehende Gefangenenlager und Lazarette aus dem Tauschgebiet verlegt werden.

Die amerikanischen Bodentruppen hatten sich in Magdeburg festgesetzt gehabt und Anfang Mai in Torthun im „Salzaue" genannten Gebiet Richtung Harz ein seltsames Bauwerk aus Beton vorgefunden. Es erwies sich als der getarnte Zugang zu einem riesigen verzweigten Salzbergwerk, in dessen stillgelegten oberen Abbauhallen eine vollständige Flugzeugfabrik der Firma Heinkel untergebracht war, die Fertigungsstäte des legendären Volksjägers He 162. In einer der Hallen hatten die Arbeiter am Kriegsende acht verletzte

Soldaten untergebracht, die sie ohne ärztliche Hilfe schlecht und recht versorgten. Sofort wurden diese Acht herausgebracht, fachgerecht erstversorgt und dann nach Würzburg verlegt.

Jochen sollte vor den Erstuntersuchungen ihre Personalien erfragen und auch, soweit möglich, Auskünfte über die jeweiligen Verletzungen notieren. Mit einem alten Hocker ging er von Pritsche zu Pritsche, um diese Befragungen durchzuführen. Er musste oft recht laut fragen, einige der jungen Soldaten litten sichtlich an Knalltraumata, die nach nahen Granaten- oder Bombeneinschlägen gar nicht selten waren. Als er seinen Hocker neben der letzten Pritsche abstellte, begrüßte ihn der wie alle unrasierte junge Patient: „Hallo, Bruder, so sieht man sich wieder!" Jochen verschlug es kurz die Sprache. Dann beugte er sich über Klaus und nahm ihn vorsichtig in die Arme. „Achtung, mein Bein!", warnte ihn dieser. „Nu mach´ erst mal deine Arbeit."

Nach erfolgter ärztlicher Versorgung durften sich die Brüder Zeit füreinander nehmen. Ihre wichtigste Frage war, wie sie wohl ihre Familie würden benachrichtigen können. Jonny Bachmeyer hatte das Gespräch noch ein Stück mit angehört. Er hatte sich schon zuvor wegen seiner drei Sondergefangenen, wie er sie bei sich nannte, über das Problem Gedanken gemacht, wie wohl Familien benachrichtigt werden könnten. So beschloss er, nunmehr ein Gespräch mit dem Verbindungsoffizier des Roten Kreuzes zu führen.

Zu seiner Freude erfuhr er, dass die Schweizer Zentrale in Zusammenarbeit mit dem Amerikanischen, dem Britischen, dem Französischen und dem Deutschen Roten Kreuz im Begriff sei, einen Suchdienst aufzubauen, mit dessen Hilfe auch registrierte Kriegsgefangene von ihren Angehörigen gefunden werden könnten. Die sowjetische Seite zögere noch, ob und wie sie sich beteiligen wolle. So vertröstete er seine drei Schützlinge auf diese neue Möglichkeit.

Der Wiederaufbau der technischen Infrastruktur, gemeinsam durch alliierte und deutsche Techniker durchgeführt, war aber schneller und brachte die Möglichkeit, aus dem Lazarett heraus zu telefonieren. Das war nun sofort entsprechende Versuche wert. Jochen war der Erste, der diesen Weg ausprobieren durfte. In der Würzburger Vermittlungsstelle ließ er sich mit der Nummer des Betriebs seines Vaters verbinden und siehe da, nach einigen seltsamen Schalt- und Quietschgeräuschen hörte er fast störungsfrei die Stimme seines Vaters: „Buchhandlung Schanz, wer spricht da?" „Dein Sohn Jochen, und Klaus ist auch hier, er lebt." Die Antwort war nur ein Aufschluchzen und dann der erstickte Ruf: „Mutter, die Buben!" In einem kurzen Gespräch schilderte Jochen dann Ihren Gefangenenstatus, Klaus´ Verletzung und das Glück, in Würzburg gelandet zu sein. Die Eltern versprachen beglückt, sofort Inge zu informieren und sich nun so lange zu gedulden, bis die Entlassung komme. „Nur gut, dass Ihr nicht hier im Gefangenenlager Rheinland seid, das muss schrecklich sein."

Nachdem das so gut gelungen war, holte sich Peter Makowski von Hermann Vieth eine Telefonnummer, mit der er dessen junge Frau erreichen könne, und ließ sich nun seinerseits nach Stuttgart verbinden. Vieths Schwiegervater war Tierarzt und hatte schon lange vor dem Krieg einen Anschluss. Nach den üblichen Geräuschen meldete sich eine helle Frauenstimme: „Tierarztpraxis Eisele, Vieth am Apparat." Peter stellte sich artig als Arzt vor und berichtete dann der jungen Frau von der Verletzung ihres Mannes und seinem Status als Gefangener. Wundersam gelassen tat sie ihre Freude kund und bat dann ihren freundlichen Telefonpartner: „Sagen sie bitte meinem Mann, dass er Vater wird." „Das wird seine Genesung beschleunigen." versprach Peter, dann legte er auf und ging vergnügt zu Vieth, um ihm von diesem Gespräch zu berichten. Wie Peter vermutet hatte, löste die Freude über die

Schwangerschaft seiner Frau so viel Kraft in Vieth aus, dass nun die Wunde im Arm ordentlich zu heilen begann. Vieth war jetzt viel zu Fuß auf dem inzwischen eingezäunten Klinikgelände unterwegs und bald so weit gekräftigt, dass Jonny Bachmeyer dem „chief physician", seinem Chefstabsarzt, die Entlassung vorschlagen konnte. Dieser war um jeden verletzten Gefangenen froh, dem er die Freiheit geben konnte, entlastete das doch sein Team.

Es dauerte immerhin fast zwei Monate, bis er den Letzten dieser Patienten los wurde. Nachdem ihm das gemeldet worden war, bestellte er seine drei Oberärzte, also auch Bachmeyer, zu einer Lagebesprechung ein. Als diese ihm seine Vermutung bestätigten, sie kämen mit ihren „doctor-teams" nun auch ohne die deutschen Ärzte klar, entschied er, allen sieben ihre Freiheit zu geben und mit ihnen auch den beiden deutschen Dolmetschern. Das ersparte ihm das Wachpersonal. Sein praktisches Denken war keineswegs militärisch sondern komplett ärztlich.

So standen die Neun am nächsten Morgen mit ihren Entlasspapieren und einigen kleinen Bündeln Eigentum vor dem großen Gittertor des Lazaretts und wanderten zuerst einmal in die wundersam heil gebliebene historische Stadt am Main hinein. Sie fragten sich zur

Stadtverwaltung durch und brachten dort einige Damen der Verwaltung in die Verlegenheit, irgendeine Hilfe für diese Herren zu organisieren. Angesichts der Menge der Entlassenen holten sie sich Rat beim kommissarischen stellvertretenden Bürgermeister. Das war ein älterer Herr mit Schnurrbart, der als bekannter Antinazi sofort von den Amerikanern zu dieser Aufgabe geholt worden war. 1941 war er wegen seiner Kritik an Hitlers Kriegsführung zwangsweise eben dieses Amtes enthoben und in den vorzeitigen Ruhestand versetzt worden. Der kannte sich in Würzburg aus wie kein Zweiter.

Er verhalf den Neunen zuerst einmal zu einer Bleibe für die nächsten Nächte. Die Inhaberin eines kleinen Hotels hatte schon vor Tagen bereitwillig Zimmer zur Verfügung gestellt, um für den Fall durchreisender Heimkehrer und ähnlicher Fälle die Stadt in die Lage zu versetzen, diesen vorerst Heimatlosen schnell zu helfen. Ihr hatte das Versprechen genügt, später für ihre Zimmer eine Vergütung zu erhalten und sofort ausreichend mit Lebensmitteln versorgt zu werden.

Am nächsten Tag wurden dann die einzelnen Fälle bearbeitet. Amerikanische Entlasspapiere wurden stets mit Zielort und zumeist auch mit einem Namen einer Zielperson ausgestellt. Jeder Gefangene hatte anzugeben, wohin er wollte und war dann auf dem Weg dorthin dem Schutz der Besatzungsmacht unterstellt. Drei Ärzte hatten als Zielorte Gemeinden in Thüringen und Sachsen angegeben. Ihnen wurde je ein Passierschein für die Grenze der sowjetischen Besatzungszone ausgestellt. Peter erfuhr Jahre später, dass alle drei von den Sowjets wieder zu Kriegsgefangenen gemacht wurden, der Entlassausweis der Amerikaner hatte sich als wertlos erwiesen.

Jochen hatte noch am selben Tag eine Möglichkeit gefunden, Main abwärts und über den Rhein nach Hause zu kommen. Ein älterer Binnenschiffer, der schon wieder fahren durfte und Lebensmittel ins Ruhrgebiet bringen sollte, hatte nach tüchtigen Helfern gefragt und nahm ihn als Decksmann an Bord. Ob und wie sein Bruder, der schon zuvor entlassen worden war, nach Köln gekommen war, wusste er nicht. Später erfuhr er, dass sich dieser als Reparaturmitarbeiter bei der Reichsbahn in Würzburg hatte einstellen lassen können und mit der nächsten defekten Rangierlokomotive zu Deutz geschickt worden war. So kam er flott und ohne Kosten wieder nach Hause.

Erheblich schwieriger erwies sich das Fortkommen für Peter. Auf seinem Entlassausweis war als Zielort Heuchelheim angegeben. Dass er nun nicht mehr nach

Oberschlesien zurück konnte, war klar. Das war jetzt Polen. Er hätte das aber auch gar nicht gewollt, weil ihn dorthin nichts mehr zog. Beide Eltern waren schon vor einigen Jahren gestorben, seine einzige Schwester lebte gegen Kriegsende mit ihrer Familie in Berlin. Berlin war zurzeit ein unsicheres Pflaster. Und zudem war sein Schwager SS-Offizier gewesen und sicherlich erst mal in Haft, wenn er denn noch lebte. Mit dieser Verwandtschaft verband ihn nicht mehr viel. Und eine eigene Familie fehlte ihm.

So war er mit Jonny zusammen auf den Gedanken gekommen, sich dorthin entlassen zu lassen, wo er seinen wichtigsten Lehrmeister, den Medizinprofessor Wilhelm Seum wusste, der sich noch gegen Ende von Peters Studienzeit aus Halle an der Saale nach Gießen in Oberhessen hatte berufen lassen, weil er wie seine Frau aus dieser Gegend stammte. Aus einem folgenden regen Briefwechsel hatte er noch den Wohnort Heuchelheim im Kopf. Eine Adresse wusste er zwar nicht mehr, aber für die Entlassung reichte ja die Ortsangabe.

Der Würzburger Beamte gab ihm den Rat, erst einmal mit der Bahn nach Frankfurt zu fahren und dann dort einen Weg Richtung Norden einzuschlagen, wo er auf der Karte Heuchelheim gefunden hatte. So kratzte Peter alle Reichsmarkscheine zusammen, die er noch irgendwo hatte, und ging mit seinem bescheidenen Bündel zum Bahnhof. Dort erfuhr er zu seiner Verwunderung, es gebe weder einen Fahrplan noch irgendeine Preisliste, er solle einfach den nächsten Zug nach Westen nehmen. Ob Frankfurt erreichbar sei, wäre fraglich.

Tatsächlich war die Bahnreise Stunden später, nach Aufenthalten und allerlei Rangiertätigkeiten, in Offenbach am Main zu Ende. Der alte Bahnhof dort war unversehrt. Und es gab so viele geeignete Gebäude um diesen herum, dass 1947, als die provisorischen Bahnen der amerikanischen und britischen Besatzungsgebiete den Namen „Deutsche Reichsbahn im Vereinigten Wirtschaftsgebiet" bekommen hatten, deren Hauptsitz nach dort verlegt werden konnte.

Im Bahnhof war niemand zu finden, es war auch schon recht spät. Peter suchte sich im Umfeld des Bahnhofes zurecht zu finden und sprach einen einarmigen Mann in etwa seinem Alter an, ob er ihm vielleicht eine Übernachtungsmöglichkeit nennen könne. „Du hast eine kastrierte Uniformjacke an, bist ein entlassener Soldat?" „Stabsarzt, ja!" „So einer wie du hat mir an der französischen Front das Leben gerettet. Komm mit!" Er brachte ihn zwei Straßen weiter zu einem etwas älteren Haus, schloss die Tür auf und rief: „Hanna, wir haben einen Gast!" Peter war völlig verblüfft, mit welcher unbesorgten und fröhlichen Selbstverständlichkeit hier Gastfreundschaft angeboten wurde. Drei halbwüchsige Kinder hatte das Ehepaar Völker und berichtete, dass es demnächst Zwangseinweisung von Ostflüchtlingen zu erwarten und deshalb schon umgeräumt habe. Der Einarmige hieß wie er Peter und berichtete, dass er von Beruf Lederwarenfabrikant sei und augenblicklich weder Angestellte noch Arbeit habe. „Wir verzehren die Substanz, mal sehen, wie es weiter geht." seufzte Hanna Völker. Peter hatte plötzlich eine Eingebung: „Ich kenne den Sohn eines Kölner Lederhändlers namens Schanz." „Den Jochen oder den Klaus?" Als sie sein verdutztes Gesicht sahen, lachten beide Eheleute herzlich und berichteten, dass sie bereits seit Jahren Kunden des Lederimporteurs Schanz seien, weil die Ortsansässigen Wucherpreise entwickelt hätten.

Das Lebensbuch

Zum Pfingstmontag hatten sich die großen Enkel Helmuts angesagt, die Älteste, Gertrud, zusammen mit ihrem Freund Werner. Lotte hatte im Vorfeld schon fleißig Kuchen gebacken. Was in den Nachkriegstagen fehlte, war Kaffee, so musste der selbst aus gerösteter Gerste hergestellte „Muckefuck" mit viel Milch als Ersatz herhalten. Helmuts Tochter Elfriede war sehr jung gewesen, als sie Gertrud empfangen hatte. Ihr Heinrich war ihr aber treu zur Seite geblieben und hatte sie sofort geheiratet, als ihre Schwangerschaft erkannt worden war. „Das wilde Blut ihrer Großmutter", hatte Helmut damals seufzend zu Lotte gesagt.

Das hätte er nun wieder sagen können, denn Gertrud verkündete leicht verschämt, sie wisse seit drei Tagen, dass auch sie wie Lotte ein Kind erwarte. „Jetzt ist das Generationen-Durcheinander aber wirklich perfekt." Der elfjährige Heiner brachte es auf den Punkt. Sein Opa erwartete schließlich gleichzeitig ein Kind und ein Urenkelkind.

Die Erinnerung an die „wilde" Großmutter war an diesem Abend das Gesprächsthema der Eheleute. „Weißt du was, wir lesen wieder einmal, was deine Mutter Alice Weber in ihr ‚Lebensbuch' aufgeschrieben hat." Helmut holte das schmale solide gebundene Buch aus der Lade, das seine Schwiegermutter sowohl als Merkbuch für die zahlreichen Kenntnisse ihrer Hebammentätigkeit wie auch als von ihr erzähltes Dokument ihres Lebens stets greifbar und in wichtigen Zeiten mindestens einmal pro Monat für weitere Einträge verwendet hatte.

Wie schon so oft las Helmut vor, was da in der steilen altertümlichen Handschrift und anfänglich seltsam eigenwilliger Schreibweise über das außergewöhnliche Leben dieser Frau geschrieben stand:

„Gebohren wurde ich am zwanzigsten Mai 1865 im mährischen Brünn, was damals zu Kaiserreich Österreich gehörte. Wohnten mit unserer großen Familie in Häuschen an Rand von der Stadt. Habe fünf ältere Geschwister. Vater war angesehenes Kaufmann, was für im Umkreis lebende Bauern ihre Erzeugnisse in die Stadt verkaufte. Dort in Randsiedlung wohnten nur Roma. Noch war kaum Zurückweisung oder gar Ächtung unserer Leute durch die teils tschechisch mehr aber deutsch sprechende Bevölkerung. Meine vier ältesten Geschwister gingen zur freiwilligen Schule. Wir kleineren lebten mit Gleichalterigen mehr auf Straße. Unsere Eltern fühlten sich als Einheimische. Noch war Vater beliebter Geiger bei Volkstanz und Familienfesten. Mutter hatte als Hebamme neben den Roma-Müttern auch zahlreiche Frauen aus deutsch sprechende Bevölkerung in Betreuung.

Damals aber änderte sich Verhältnis zu Bevölkerung sehr schnell. Durch neue Gewerbe, jetzt auch wachsende Bildungsunterschied und viel Überheblichkeit von Katholische Kirche gegen unseren Leuten. Wir fühlen uns nur sehr lose in Katholische Kirche gut. Lehnen fast alle moralische Regelung von Kirche ganz stark ab, also auch nicht befolgen. So wuchs Abstand. Im Zentrum von Romakultur steht Mensch, menschliche Werte, besonders Glück, Liebe und Freiheit. Sinn menschliches Lebens nicht Haben, sondern Sein.

Vater versuchte Problem zu lösen. So verkaufte unser Haus. So kaufte zwei große leichte mit Plane geschlossene Wagen und drei kräftigen Panjepferde. Wagen mit wildem Hengst in Deichsel kutschierte er selbst, vor dem zweiten Wagen eine gutmütige Stute. Mein damals fünfzehnjähriger ältester Bruder Alexander kam gut mit zurecht. Hinter Vaters Wagen trottete zweite Stute. War trächtig. Sollte einige Zeit nach Abfohlen vor zweiten Wagen. Dann Vater wollte andere Stute decken lassen. In Wechsel immer Fohlen verkaufen.

Nun wir waren fahrend. Fahrendes Volk bei europäischen Roma Minderheit. Vater fand neue Geschäftsfelder für Handel. Hing am Wagen meines Bruders bald kleines Wägelchen mit orientalischen Stoffen und Gewürzen, für Märkte überall. Sicherste Einnahmequelle war Musik. Vater machte gemeinsam mit meinen ältesten Geschwistern,

Schwester Leyla, die spielte sehr, sehr schön Zither, und Alex, wie Vater wunderbarer Geiger. Verständigung mit anderen Romafamilien sehr leicht, wir alle haben Muttersprache Romani. Einzelnen Dialekte ähnlich genug sich gut zu verstehen. Wir und Eltern hatten auch sehr gute deutsche Kenntnisse, wir Kinder auch tschechische. Und Vater konnte einige französische Sachen sprechen.

Erste Jahre war Umherstreifen Abwechslung und schön. Selten Ablehnung von Menschen. Alles schien gut. Doch bei unsere erste große Reise durch Südfrankreich meine Eltern erkannten, in ganz Europa mit großer Geschwindigkeit Ablehnung und Ausgrenzung von Roma wächst schnell. Man sagte ‚diebische Zigeuner‘, in vielen Gegenden sogar ‚Heiden‘. Versuchte mit verschiedenste Mittel uns fern zu halten. Da waren unsere Eltern glücklich, dass Leyla in Le saintes maries de la mer jungen spanischen Roma gefunden hat und damit ihre Zukunft hatte. Dort in den wenigen Tagen am Mittelmeer vollzogen sie nach Roma-Sitte ihre Ehe. Leyla packte ihre Zither und sonstiges bescheidenes Eigentum. Zog mit ihrer neuen Familie nach Süden.

In den Familien der Roma ist Sitte, biblische Weisheit ganz radikal zu leben, wo heißt: ‚Darum wird ein Mann Vater und Mutter verlassen und an seinem Weibe hangen, und sie werden sein ein Fleisch.‘ Romaeltern trennen sich genauso bereitwillig von Töchtern wie von Söhnen, wenn diese

46

ersten Beischlaf hatten, was Hochzeit ist. Auch wenn sie weit weg, gar auf Nimmerwiedersehen mit ihren Ehepartnern leben, bleibt immer Schutz durch Familie. Paar sind sofort auf Gedeih und Verderb aneinander gebunden. Ist sehr hohe Verpflichtung für Partner und weiser Verzicht von vorige Generation. Andere Leute nicht begreifen. Reden von ‚sexuelle Freizügigkeit‘ bei uns. Die wenn wüssten!

Bei unsere letzte Reise, zwei Jahre später, noch einmal nach Südfrankreich, wir haben dann unsere Schwester Leyla und ihren Mann wieder getroffen. Unsere Eltern erleben erstes Enkelkind.

Damals fassten Eltern Beschluß, in Wälder nahe bei Fluß March feste Siedlung zu bauen. Fluß heißt tschechisch: Morava, ist Grenzfluß zwischen Gebiet, wo Leute tschechisch sprechen, und Nachbargebiet, wo slowakisch sprechen. Vater wußte, war etwas Ungesetzliches. Würde keine Genehmigung von Behörden bekommen. Wußte aber auch, waren bisher unklare Besitzverhältnisse in Gebiet. Obrigkeitliche Maßnahmen vermutlich deshalb keine."

Helmut wusste aus einigen Erzählungen seiner Schwiegermutter: Nach 1806 waren die Sanddünen der „Mährischen Sahara" südlich der Stadt Bisenz (tschechisch: Bzenec) aufgeforstet worden. Zwischen 1823 und 1844 war der hessische Kurfürst Wilhelm II.

Besitzer des Gebietes. Nach ihm hatte dann sein Sohn Wilhelm von Reichenbach-Lessonitz offiziell die Herrschaft Bisenz inne. Diese Stadt erhielt 1848 ihre Selbstständigkeit. Die ehemaligen Sanddünen, nunmehr dichte Waldungen, waren stets irgendwie herrenlos. So verstand er ganz gut, wenn sie schrieb:

„Vater wollte das nutzen. Unsere Eltern gründeten mit Familie von Vaters ältestem Bruder Slatko und etwa zehn anderen Familien Siedlung ohne Namen, ‚verbotenes Dorf'. Versteckte Quelle ganz reines Wasser hatte er früher einmal entdeckt. An dem Platz konnten unsere Hütten geschützt gebaut werden, hatten immer frisches Wasser.

Unser Onkel Slatko war der Gebildete in unsere Dorfgemeinschaft. Hatte in Brünn studiert, war in den guten Zeiten dort beliebter Lehrer. Hatte durch Ächtung der Roma in Böhmen und Mähren aber seine Arbeit verloren. War dann in Stadtrandsiedlung für viele Romakinder in einer ‚verbotenen Schule' der Lehrer. Verhinderte dort wachsenden Fehler, daß Roma nicht lesen und schreiben können. Im verbotenen Dorf war überschaubare Anzahl Kinder. Er war ganz fabelhafte Lehrer. Haben wir alle hervorragende Bildung bekommen, ist unvergleichlicher Reichtum für ganzes Leben. Könnte ich sonst in einer Welt bestehen, die das ‚Zigeunerpack' als ‚Haare' (oberhessisch für Heiden) beschimpft und für Lumpen hält? Meine Herkunft muss ich leider immer verschweigen, nur Familie und unser Pfarrer weiß, woher ich tatsächlich komme."

Helmut fiel wieder auf, dass von da an das Deutsch seiner Schwiegermutter erheblich besser wurde. Offensichtlich hatte sie einige Jahre lang nichts mehr aufgeschrieben. Er las mit ruhiger Stimme weiter:

„Mutter war schon länger sehr krank. Hatte Angst, bald zu sterben. Sie hatte schon ganz früh mir als der Jüngsten besondere Aufgabe zugedacht. Wie Leyla sollte auch ich alle Kenntnisse als Heilerin, Hebamme und Kräuterfrau lernen. Hatte unsere Familie zum zweiten Mal zur Wallfahrt genötigt, weil sie sehr schwach war und Linderung erhoffte. Wollte gerne, ihre jüngste Tochter sollte anschließend ihre Aufgaben übernehmen. Angeleitet hatte sie mich längst. Ich hatte schon unterwegs als Kind in den sogenannten Zigeunerlagern zahlreiche Kinder zur Welt bringen helfen. Meine größeren Schwestern Esther und Mira hatten dies alles nicht gelernt. Mutter hielt sie für ungeeignet. Sie sollten Kinder gebären, dabei helfen sollte ich. Mir war deshalb nichts Menschliches fremd, so jung ich war. Groß war unsere Freude, als wir dann im verbotenen Dorf merkten, es geht unserer Mutter wieder besser. Vater meinte damals: ,Die Auferstehung meiner Leona verdanken wir der schwarzen Sara.' Ich glaubte mehr an unsere Kräuter, hielt aber lieber den Mund."

Helmut spürte plötzlich, dass seine Lotte neben ihm eingeschlafen war und klappte leise das alte Buch zu, in dem sie beide immer wieder gerne die wundersame Geschichte der Familie Kurt nachlasen. Er nahm sie behutsam auf seine Arme und brachte sie ins Bett, ohne sie zu wecken. Er kannte das, so war es immer einmal wieder. Es erfüllte den großen starken Mann jedes Mal mit großer Zärtlichkeit, sie wie ein kleines Kind schlafen zu sehen.

Heuchelheim

Dankbar hatte das Ehepaar Völker die Nachricht vernommen, dass beide Schanz-Söhne wohlauf und inzwischen auch aus der Gefangenschaft entlassen seien. Peter Völker wollte nun wissen, wo das genaue Ziel der Reise seines Namensvetters zu finden sei. Dieser nannte die Ortschaft Heuchelheim. „Nie gehört.", meinte Völker und versprach, am nächsten Morgen mit zum Bahnhof zu gehen. Zeit hatte er gegenwärtig ja ohne Ende.

Das kleine Gästezimmer im Dachgeschoss des großen Hauses hatte Hanna Völker für eigene Gäste zurückgehalten, für die erwarteten Flüchtlinge reichten die vorbereiteten Räume im Erdgeschoss aus und im ersten Stock blieben reichlich Räume für die Familie. Peter fand das erste wirklich reine Bett seit Kriegsende und eine große Waschschüssel samt riesiger Wasserkanne, Waschlappen und Handtüchern. Und einen funkelnagelneuen Rasierer mit einigen Klingen und einem Schaumbesteck gab es auch. Er kam sich vor wie im Paradies. Genussvoll kümmerte er sich nun um eine ordentliche Körperpflege und stieg erst dann zwischen die blütenweißen Laken, als er auch das letzte Barthaar beseitigt und ein so glattes Gesicht hatte, wie er das liebte.

Am nächsten Morgen hatte es Hanna Völker sogar fertig gebracht, ein nahrhaftes Frühstück auf den Tisch zu bringen. Die Kinder brachen zur Schule auf und die beiden Peter gingen die wenigen Schritte bis zum Bahnhofsgebäude. Nun war ein Schalter geöffnet und die freundliche ältere Dame hinter dem Glasfenster holte sofort ein älteres dickes Kursbuch herbei und blätterte im Register nach dem Namen Heuchelheim. Sie fand zu aller Überraschung diesen Namen gleich achtmal. Als sie dann erfuhr, das müsse in der Nähe von Gießen sein, blieben noch zwei übrig. Da eines der beiden den Zusatz „bei Gießen" trug, wurde das auserkoren, und sie errechnete einen Fahrpreis, schrieb einen Plan für die Umsteigenotwendigkeiten der Reisestrecke und quittierte dann die gedruckten Einzelkarten auf der Rückseite des Entlassbogens. Peter musste im Gegenzug eine Empfangsbestätigung unterzeichnen. Damit durfte er kostenlos reisen. Das war ein Service der westlichen Alliierten, der aber wenig später abgeschafft wurde. Von da an hieß es, sieh, wie du heim kommst.

Die freundliche Bahnbeamtin, die statt der früheren Hakenkreuzknöpfe eine buntgemischte Knopfreihe an der blauen Uniformjacke trug, riet ihm, den übernächsten Bummelzug nach Frankfurt zu nehmen, und dann nach 12 Minuten Richtung Kassel über Gießen, nicht über Fulda und Bebra, weiter zu reisen. In Gießen müsse er dann umsteigen und Richtung Limburg bis zum Bahnhof Heuchelheim fahren.

Dankbar ging er mit Peter Völker heim, durfte sogar das Rasierzeug mit einpacken und bedankte sich von ganzem Herzen bei seinen hilfreichen Gastgebern. Mit dem Anschlusszug in Frankfurt klappte es ganz gut, aber dann hieß es in Gießen lange warten. Der nächste Zug nach Limburg fuhr erst in anderthalb Stunden.

In Heuchelheim fragte er nach dem Gemeindeamt. Die alte Frau, die er angesprochen hatte, begann zu lachen: „So was Feines haben wir hier nicht. Aber unser Bürgermeister wohnt dort vorne an der Ecke im Fachwerkhaus." Sofort begab er sich zu dem genannten Anwesen. Das Hoftor war nicht verschlossen und auch die Haustür gab sofort nach, als er mangels Glocke die Klinke drückte. Am Ende des Flures waren Stimmen zu hören, also klopfte er an die Tür. „Herein!" Als er öffnete, schaute er in eine recht große Bauernküche. Am Tisch fanden sich eine ältere und zwei ganz junge Frauen, am Kopfende saß ein hagerer Mann von etwa 70 Jahren. Dieser bot ihm sofort einen leeren Stuhl an, stellte sich als Bürgermeister Friedrich Neumeister vor und erkundigte sich dann, wen er denn suche. Solche Besucher hatte er wohl schon öfter erlebt.

„Ich suche einen Professor namens Wilhelm Seum."
„Ach je! Da kommen sie doch ein wenig zu spät, der ist schon vor zwei Jahren verstorben. Und seine Frau ist auch nicht mehr hier. Die ist bald nach seinem Tod weggezogen." „Und sie wissen natürlich nicht, wohin." „Doch, doch." Der Bürgermeister lächelte. „Sie ist nach Reichelsheim in der Wetterau zu ihrer Schwester gezogen. Deren Mann ist dort Gemeindepfarrer." „Das ist zwar tröstlich, dass ich sie wohl finden kann, aber wo soll ich jetzt bleiben und wie soll ich zu ihr hinkommen?" „Kein Problem", meinte der Bürgermeister „erst essen sie mal mit uns zu Abend, und dann quartiere ich sie in unserer unbenutzten Zelle im Feuerwehrhaus ein. Dort ist ein schönes Bett, eigentlich zur Ausnüchterung." Er lachte behaglich. „Und morgen früh fahren sie über Gießen wieder nach Friedberg zurück. Von dort geht eine Bahnlinie Richtung Nidda, die in Reichelsheim anhält. Und es kostet sie noch nicht einmal Geld, denn ich schicke sie mit offiziellem Gemeindeschreiben von Heuchelheim bei Gießen nach Heuchelheim in der Wetterau, was von Reichelsheim aus sowieso zu Fuß erreicht werden müsste. In Reichelsheim melden sie sich dann im Pfarrhaus." So wurde es dann auch gemacht, und Peter fand eine weitere ruhige Nacht in der friedlichen Zelle.

Der Fremde

Obwohl Helmut am Dienstag nach Pfingsten wieder früh aufstehen musste, weil er derzeit kein Auto hatte, erfüllte er seiner Lotte gerne ihren Wunsch. Sie hatten am Pfingstmontag das alte Buch morgens nicht wieder weg gepackt. Beide hatten die Vorlesestunde am Abend zuvor von Herzen genossen und setzten sie nach dem Abendessen wieder fort. Diesmal las Lotte zuerst vor.

„Ganz selten verirrten sich Fremde in unser Dorf. Es war so gut versteckt, daß sogar aus der Gegend stammende Waldarbeiter noch niemals dorthin gefunden hatten. Doch eines Tages kam ein junger großer blonder Mann unseren Pfad entlang gewandert. Er trug ein gepflegtes Gewand und auf dem Rücken einen ungewöhnlichen Tornister. Unbefangen kam er zwischen unsere Hütten und fragte die erstbeste Person, ob er wohl hier richtig sei auf dem Weg nach Brünn. Diese erstbeste Person war ich. Ich starrte ihn an und konnte zuerst keinen Laut hervorbringen. Sein wettergegerbtes schmales Gesicht war eingerahmt von hellblonden Locken, stahlblaue Augen musterten mich mit sichtlichem Wohlgefallen. Als ich endlich die Sprache wiedergefunden hatte, erklärte ich ihm, er sei wohl ein wenig vom Weg abgekommen. Das mache aber nichts, er möge doch kurz zu uns ans Haus kommen. ‚Und bleiben, bitte, bitte, bitte bleiben!' klopfte mein Herz.

Vater bot ihm gastfreundlich an, er möge sein Gepäck abnehmen und sich zu uns an unseren langen rauhen Tisch unter dem Apfelbaum setzen. Dann beauftragte er mich und meine Schwester Mira, den Gast und alle am Tisch, dessen Bänke sich schnell mit Neugierigen gefüllt hatten, mit unserem Apfelwein und etwas Eßbarem zu bewirten. Tage später sagte er mir schmunzelnd, er habe meine und die Blicke des Fremden gesehen und sofort gewußt, jetzt ist unsere Alice für immer verloren.

Die Dorfbewohner wollten alles über den Gast wissen. Karl Weber berichtete, dass er aus Hessen stamme, Schneidergeselle sei und auf der Wanderschaft wie viele andere Handwerksgesellen auch. Er habe an verschiedenen Orten in Bayern und Österreich immer wieder vorübergehend Arbeit gefunden und letztlich nach Wien gewollt, von welcher Stadt er Wundersames gehört habe. Dort aber habe es ihm gar nicht gefallen. ‚Außen hui, innen pfui.' So beschrieb er seine Eindrücke. Hinter den herrlichen Fassaden seien dreckige Quartiere zu finden, bewohnt von Menschen, die keinen Sinn für Verantwortung hätten. ‚Not und Leid wird weggetanzt.' Ein Lieblingssatz der Wiener sei: ‚Die Lage ist hoffnungslos, aber nicht ernst.' So sei er wieder aufgebrochen und ungefähr nordwärts gezogen, einfach voller Neugier, was ihn da erwarte. Schließlich sei er in Bernhardstal aufgeschlagen und habe für einige Wochen eine Arbeit gefunden. ‚Als mir die recht junge Frau des etwas älteren Meisters eindeutige

Angebote machte, habe ich sofort den Dienst quittiert und bin heute in aller Frühe weitergezogen.'

Mutter schaute ihn versonnen an und fragte dann, ob er auch Frauenkleider schneidern könne. ,Freilich, mein Meister in Friedberg hat für beide Geschlechter der sogenannten besseren Gesellschaft gearbeitet.' ;So bleib' bitte erst einmal hier und arbeite für uns.' Ich hätte meiner Mutter um den Hals fallen können, blieb aber brav auf meinem Platz. Es sollte doch keiner merken, wie wild es in mir brodelte. Karl schaute mir mit einem fast unverschämten Lächeln in die Augen und sagte ganz langsam: ,Und wie gern ich hier bleibe.'"

Lotte schaute ihren Helmut von der Seite an, verliebt wie ein junges Mädchen. Solche Sätze waren irgendwie ansteckend. Dann schob sie ihm das Buch hin und bat: „Lies du bitte jetzt weiter." Helmut musste lachen, er wusste ja, was jetzt kam, und fand es ergötzlich, dass Lotte diese Passage nie vorlas, sondern immer voller Genuss anhören wollte.

„Wir Geschwister und auch die Eltern konnten tatsächlich einige neue Gewänder brauchen. Für andere Familien galt das Gleiche. Eine der Hütten des Dorfes stand schon länger leer. Vater, Onkel Slatko und ein weiterer Familienvater richteten das kleine Gebäude in Windeseile her, sogar einen richtigen Arbeitstisch für Karl hatten sie gezimmert und mit Sand glattgeschliffen. So bekam Karl ein eigenes Anwesen mit einer ordentlichen Werkstatt. Es zeigte sich, daß er alles notwendige Werkzeug, Scheren, Nadeln, Fäden und erstaunlich viel Nahtband in der unteren Abteilung seines Tornisters mitgeführt hatte. Und in der Mitte dieses Rucksackes steckte sogar eine ausgewachsene Elle.

Schöne Stoffe für alle im Dorf besaß Vater ja genügend, die schnell herbei getragen wurden. Zuerst sollte Karl unsere Familie einkleiden. So begann er am zweiten Morgen nach seiner Ankunft einen nach dem anderen zu vermessen. Mutter saß dabei und schaute, daß die richtigen Stoffe gewählt wurden und nicht zu verrückte Wünsche kamen. Als Jüngste kam ich als Letzte dran. Als ich mit ihr den Stoff gewählt hatte, stand sie auf und sagte ‚Ich muß jetzt kochen.'

So kam ich in den Genuß einer höchst zärtlichen Körpervermessung. Sehr zurückhaltend ging er ans Werk, aber jede Berührung seiner Hände löste kleine Erdbeben in mir aus. Als ich die Hütte verließ, wußte ich genau, wie sehr er mich auch begehrte. Schließlich war ich schon siebzehn Jahre alt und wußte viel über Männer.

Lange hielten wir die Spannung zwischen uns beiden nicht aus. Meine Eltern wußten, was kommen würde, und waren es zufrieden. Vater, der gerne abends am Feuerkorb ein bißchen Musik machte und erzählte, hatte schon an einem der ersten Tage von meinen Geschwistern berichtet und so nebenher dem aufmerksamen Karl beigebracht, daß der erste Beischlaf bei uns die Hochzeit und damit die Verpflichtung für das ganze Leben ist.

Nach wenigen Tagen waren am Abend die Gewänder für unsere Familie fertig zur Anprobe. Die Männer kamen zuerst. Alexander und Max bekamen ihre Jacken gleich mit, die saßen perfekt. Vaters Jacke brauchte noch ein wenig Änderung. Dann kamen Mutter, Mira und ich. Esther war ja inzwischen auch verheiratet und lebte am Dorfrand von Landshut, wo ihr Mann Kutscher bei einem jüdischen Futterhändler war und ganz gut verdiente. Als Mutter und Mira ihre Anprobe hinter sich hatten, nahm Mutter Mira an der Hand und sagte: ‚Wenn wir nicht verhungern wollen, mußt du mir jetzt schnell helfen.‘ Und lief hinüber zu unserem Haus. ‚Alte Kupplerin‘ dachte ich bei mir. Karl erklärte mit leicht belegter Stimme, bei meinem Kleid habe er einen ganz besonderen Schnitt ausprobiert und es müsse ganz perfekt sitzen. ‚Um das zu probieren, mußt du dein Kleid aber jetzt ausziehen.‘ Kurz erhob ich ein wenig hilflos Einspruch. Sonst hatte ich ja nichts am Leib. Doch sofort schlüpfte ich brav aus meinem Kittelkleid und stand vor ihm, wie mich Gott geschaffen hat. Dann ging um uns herum die Welt unter.

Am nächsten Morgen machte mein Mann dann doch noch eine Anprobe mit mir und stellte fest. ‚Wir beide sind wie

Milch und Honig. So unterschiedlich ist die Farbe unserer Haut.' Dann schlüpfte ich schnell in mein altes Kleid und Karl in sein Gewand. Vor der Hütte erklang schließlich eine wunderschöne temperamentvolle Tanzmelodie. Vater und Alex mit den Violinen, Max mit der Klarinette und Onkel Slatko mit der Trommel brachten uns ein kleines Hochzeitskonzert. Anschließend gab es das traditionelle Ehegelöbnis und mit den bescheidenen Mitteln, die unser Dorf hatte, nach Roma-Sitte ein fröhliches Hochzeitsfest aller Bewohner."

Lotte hatte sich lächelnd an Helmut gelehnt und meinte: „Eigentlich ist das alte Buch für unsere Familie ein richtiger Schatz. Wir müssen es so bewahren, dass es nie verloren gehen kann." Helmut nickte versonnen und legte das kostbare Buch wie immer in die oberste Brandkiste. Immerhin besaßen sie drei solche völlig gleiche mit Schnitzereien verzierte Kisten mit Griffen, die passgenau aufeinander gestellt einen durchaus ansehnlichen Schrank ergaben. In den Kisten lagen alle wirklich wertvollen Dinge, die Helmut, Erna und Lotte in den langen Jahren seit Helmuts erster Eheschließung zusammengetragen hatten, Urkunden, wichtige Briefe, wertvolle Wäsche, das bescheidene Tafelsilber und eben jenes Buch. Im Falle eines Brandes konnte man dann diese drei Truhen zuerst retten. Viele Familien waren so ausgestattet.

Angekommen

Die Frau des Heuchelheimer Bürgermeisters hatte Peter mit einigen belegten Broten versorgt, so konnte er gleich in der Frühe den ersten Zug nach Gießen nehmen und auch recht bald Anschluss Richtung Frankfurt finden. Schon vor 10 Uhr stand er auf dem verlassenen Bahnsteig in Friedberg. Immerhin stand auf dem Nebengleis ein ziemlich ramponiertes Bähnchen mit drei Wagen, aus dessen kleiner Dampflok sowohl kleine Rauchwölkchen aufstiegen als auch zwei rußverdreckte Menschen herausschauten, die sich bei näherem Hinsehen als Frauen entpuppten. Peter ging hinüber und fragte, ob und wann ein Zug nach Nidda abfahre. Fröhlich antwortete eine der Frauen: „Steigen sie gerne ein, wir fahren gleich los. Soll´s nach Nidda gehen?" „Nein, nur bis Reichelsheim." „Das dauert nicht lange."

Kaum saß Peter auf einer der alten Holzbänke im ersten Wagen, schnaufte die Bahn los. Die kleinen Bahnhöfe waren ganz gut beschildert und tatsächlich war recht schnell Reichelsheim erreicht. Freundliche Passanten zeigten ihm den Weg zum Pfarrhaus. Man wies ihn die Hauptstraße entlang bis kurz vor die Kirche. Das Pfarrhaus war leicht zu verpassen, stand es doch ohne Besonderheit zwischen all den anderen alten Häusern direkt an der Straße. Aber die Beschreibung war gut, so fand er es direkt.

Es war ein warmer Tag geworden. Die Tür des Pfarrhauses stand offen und davor unterhielten sich zwei ältere Frauen. Die Witwe seines Professors Seum erkannte er sofort. So blieb er beiseite stehen und wartete das Ende des Gesprächs ab. Dann ging er auf Johanna Seum langsam zu und begrüßte sie mit ihrem Namen. Sie stutzte kurz, erkannte ihn dann aber doch und strahlte ihn an. „Ach, Herr Makowski, dass sie hier sind. Woher kommen sie denn?" „Aus amerikanischer Gefangenschaft. Heute aber aus Heuchelheim bei Gießen." „Können sie jetzt wegen der Zonenabgrenzung nicht zu ihrer Frau zurück? Oder ist die gar nicht in Halle?" „Doch, schon, aber mit unserem kleinen Sohn auf dem Friedhof, beide haben die Geburt nicht überlebt. Und ihr Mann fiel mir als einziger vertrauter Mensch ein, als ich für meinen Entlassausweis nach einem Ziel gefragt wurde." Peter schluckte. Es war das erste Mal seit Kriegsende, dass er nach seiner Familie gefragt wurde. Er hatte die Gedanken daran bisher ganz erfolgreich zur Seite geschoben. Johanna Seum hielt ihr Mitgefühl zurück und bat ihn ins Haus. Sie brachte ihn in ein gemütliches Wohnzimmer. Dort fand sich ihre Schwester, einige Jahre jünger als sie, aber von verblüffender Ähnlichkeit. Die begrüßte ihn freundlich, bat ihn sich zu setzen und rief dann nach ihrem Mann. Ein großgewachsener kahlhäuptiger Endfünfziger betrat das Zimmer und bot ihm auch einen freundlichen Gruß. „Mein Name ist Hans-Christhard Scriba. Ich bin hier der Gemeindepfarrer. Außerdem bin ich der kommissarische Landrat des Landkreises Friedberg - von Amerikas Gnaden." Schmunzelnd setzte er sich zu den Dreien und erfragte nun alles Notwendige über die letzten Wochen Peters. „Wer sie sind, ist mir bekannt, aber wenn ich ihnen helfen soll, muss ich eben all das fragen."

Er dachte kurz über das Gehörte nach. Dann sagte er fröhlich: „Dass sie hergekommen sind, ist wohl ein Geschenk des Himmels. Unser früherer Hausarzt musste wieder anfangen zu arbeiten, als sein Sohn, der schon vor sechs oder sieben Jahren die Praxis übernommen hatte, an die Front geholt wurde. Wo der jetzt ist, weiß niemand. Die Arbeit wird unserem Doktor Bellersheim aber doch zu viel, er ist schließlich schon 76 Jahre alt und selbst nicht ganz gesund. Und seine Gattin erst recht nicht. Der freut sich bestimmt, wenn sie die Vertretung seines Sohnes übernehmen, bis der hoffentlich wieder auftaucht." „Jetzt werden keine Vertretungsregelungen organisiert, der Herr Doktor bezieht jetzt unser Dachzimmer und wir werden unser Mittagessen fertig machen. Bestimmt haben alle jetzt Hunger." Die Hausfrau dachte eben eher praktisch.

Peter kam sich vor, als wäre er nach Hause gekommen, so herzlich waren die Pfarrersleute und die Witwe seines Professors. Der nächste Tag war ein Samstag. Sein Gastgeber war kaum zu sprechen, seine Vorbereitung für seinen Sonntagsgottesdienst mussten ja erledigt werden. Die Damen indessen beschrieben ihm das Gebiet, in das er nun hineingeraten war. Reichelsheim war eine kleine Ortschaft mit Stadtrechten. Nordöstlich erstreckten sich große Braunkohle-Abbauflächen. Nachdem früher in Stollen abgebaut worden sei, werde nun mehr im Tagebau geschürft. Mehrere große Flächen lägen zwischen Weckesheim, an dessen Bahnhof er ja vorbeigekommen sei, und Wölfersheim, wo die in verschiedener Qualität gewonnene Kohle vermischt und dann verbrannt werde, um Strom zu erzeugen. Maria Scriba und Johanna Seum breiteten eine Karte auf dem Tisch aus und zeigten ihm die betreffenden Gebiete, die teilweise noch gar nicht eingezeichnet waren. Mit Hilfe der Karte konnte er sich dann ganz gut orientieren.

Am Sonntag ging er mit den Frauen zum Gottesdienst. Seit langer Zeit hatte er nicht mehr an einem solchen teilgenommen. Da er in einem evangelischen Elternhaus aufgewachsen und in Breslau konfirmiert worden war, fühlte sich alles recht vertraut an. Scriba sprach in seiner Predigt unverblümte Freude darüber aus, dass ein „von Adolf Hitler und seinen Vasallen angezettelter verbrecherischer Krieg" endlich zu Ende sei. Nach dem Gottesdienst an der Kirchentür hielt er Peter auf und bat ihn, kurz zu warten. Als letzte Gottesdienstbesucher verließ ein weißhaariges Ehepaar die Kirche. Der kleine Mann schien gut bei Kräften, seine noch kleinere Frau musste er aber stützen, sie schien recht gebrechlich. Scriba reichte beiden die Hand und wandte sich dann an den kleinen alten Herrn: „Kurt, darf ich dir Herrn Doktor Makowski vorstellen? Er ist ein Doktorand des Mannes meiner Schwägerin gewesen. Jetzt ist er aus der Gefangenschaft entlassen und sucht eine Bleibe und Beschäftigung. Ob er dich entlasten kann, bis Martin wieder da ist?" Die kleine Frau seufzte: „Wenn der überhaupt noch lebt." Ihr Mann schüttelte unwirsch den Kopf: „Der kommt schon wieder!" Dann gab er Peter die Hand und meinte freundlich: „Kommen sie doch nachher auf ein Tässchen Als-Ob-Kaffee zu uns, dann bereden wir das alles." Und zu Scriba: „Deine Idee ist hervorragend. Danke."

Neuanfänge

Im Haus der Familie Hinkel hatte nach den ruhigen Pfingsttagen der Alltag wieder Einzug gehalten. Helmut musste angesichts der Tatsache, dass sein Auto gewissermaßen zum Wehrdienst eingezogen worden war, sehr früh zum Bahnhof gehen und mit der Bahn bis Beienheim fahren, um von dort auf einer anderen Bahnlinie zum Kraftwerk kommen zu können. Acht Arbeiterinnen, Heinz Winter und ein weiterer älterer Arbeiter fuhren mit ihm und freuten sich, dass wieder geregelt gearbeitet wurde.

Helmuts Büro, in dem er einige Wochen lang regelrecht eingesperrt gewesen war, empfing ihn durchaus aufgeräumt, dafür hatte er vor seiner Heimkehr gesorgt. Er war zuständig für den Abbau und den Transport durch die Förderbänder und die Schmalspurbahnen sowie für die Vermischung der Braunkohle. Die anderen beiden Geschäftsführer, Ludwig Böcher und Heiner Jochum, hatten die Verstromung und den wirtschaftlichen Bereich zu verantworten. Alle drei waren der nationalsozialistischen Kreisleitung immer sehr verdächtig gewesen, weil das ganze Werk ohne jedes Hakenkreuz und ohne irgendeinen kernigen Spruch das Dritte Reich überdauert hatte. Alle drei hatten zwar nicht gerade lauthals ihre gemeinsame Kritik an der

Hitlerschen Politik, besonders der Kriegsführung, heraus posaunt, es aber immerhin fertig gebracht, unter dem Dach der Notwendigkeit ihrer Arbeit ihre Beschäftigten zu schützen und selbst kaum aufzufallen. Einzig Helmut hatte kurz nach Weihnachten 1944 bei einer etwas unvorsichtigen Bemerkung einen Zuhörer gehabt, der ihn bei der Kreisleitung angeschwärzt hatte. Deshalb hatte man ihn kurz eingesperrt, musste ihn aber wieder laufen lassen, weil weitere Zeugen des Gespräches ihn entlasten konnten.

Gegen Mittag fuhren vor dem Werkstor zwei amerikanische Jeeps vor. In jedem wurde ein Offizier gebracht und im ersten noch ein Dolmetscher. Die drei Geschäftsführer, alle schon über sechzig Jahre, wurden zusammen gerufen. Der ältere Offizier stellte den jüngeren als den Energieverantwortlichen für den Besatzungsbezirk Frankfurt und nördlich davon vor. Dieser werde von nun an einmal jede Woche einen Tag hier zubringen und kontrollieren. Auch das noch! Aber vielleicht hatte das auch etwas Gutes und bedeutete Schutz der ganzen Anlagen und der Mannschaft. Die erste Führung durch das Heizkraftwerk und die weitläufigen Kohleabraumanlagen wurde ein voller Erfolg. Der ältere Offizier hatte verstanden, dass es hier an Fahrzeugen fehlte. Wusste aber auch, dass auf einem Gelände in Friedberg etwa zwanzig PKW standen, die noch eingezogen worden aber nicht mehr in Fronteinsatz gekommen waren. So standen bereits am nächsten Tag genügend Fahrzeuge zur Verfügung, die Geschäftsführer mobil zu machen und den Transport der weiter entfernt wohnenden Beschäftigten vor und nach der Arbeit zu sichern.

Lotte staunte nicht schlecht, als Helmut mit einer ganz ordentlichen DKW-Meisterklasse nach Hause kam. Was für sie besonders schön war, dass sie mit diesem Auto ihren Mann zur Arbeit fahren durfte und wieder abholen. Dadurch konnte sie ihren Hebammendienst wieder ohne beschwerliche und zeitraubende Fahrradtouren leisten, angesichts ihrer eigenen Schwangerschaft ein ganz besonderes Geschenk. Ihre Arbeitsbelastung war aber in diesen Wochen praktischer Weise recht gering. Die jungen Frauen der Gegend hatten ihre Männer oft mehr als ein Jahr lang nicht mehr gesehen. So war auch die Zahl der aktuellen Schwangerschaften viel kleiner als noch in den Jahren 1943 und 1944. Damals hatte man fast den Eindruck, die Frauen hätten es aus der naheliegenden Angst, ihre Männer zu verlieren, regelrecht intensiv gewollt und gezielt darauf angelegt, schwanger zu werden. Vielleicht unbewusst? Oft hatte Lotte darüber nachgedacht.

Nun hatte sie also recht viel Zeit, sich ein bisschen zu schonen. Angesichts ihres Alters als Erstgebärende gar nicht so übel. Fröhlich holte sie das alte „Lebensbuch" wieder aus der Brandkiste und las in Ruhe den Bericht ihrer Mutter Alice Weber zu Ende:

„Karl sorgte in den nächsten Wochen mit großem Fleiß dafür, daß jeder Bewohner des verbotenen Dorfes mindestens ein neues Kleidungsstück bekam. Ich wohnte ja nun glücklich mit ihm zusammen in unserer Hütte und übernahm alle Pflichten, wie ich sie von meiner Mutter gelernt hatte. Zugleich betreute ich mit ihr zusammen weiterhin die drei schwangeren jungen Frauen des Dorfes und half zweien der Kinder erfolgreich zur Welt. Vaters Stoffe gingen allmählich zur Neige, also gab es bald nichts mehr für Karl zu tun. Deshalb setzten wir meine Familie davon in Kenntnis, dass wir beschlossen hatten, uns auf die Reise zu begeben und in Karls Heimatdorf zurückzukehren, wo er ja die Schneiderwerkstatt seines Vaters übernehmen sollte und auch wollte.

Vater hatte das natürlich kommen gesehen und Vorbereitungen getroffen, die er uns nun berichtete. Vom jüdischen Arbeitgeber meines Schwagers hatte er eine kleine Kutsche abgekauft, die hinter dem Kutschbock eine Art Ladefläche hatte, auf der wir ganz gut schlafen konnten. Über diese Ladekiste hatte er mit Alex und Max aus starken Weidenzweigen Bögen geschaffen und mit einem dichten Stoff überspannt, den sie mit erhitztem Harz recht dicht überzogen hatten. Alexander sammelte seit Jahren in den umliegenden Wäldern Harz, den die Männer zum Abdichten der Dächer nutzten. Zu diesem Wagen schenkte uns Vater seine erfahrene älteste Panjepferd-Stute, die keine Fohlen mehr bekommen sollte. Karl konnte es gar nicht fassen, mit welcher guten Ausstattung wir uns auf den Weg machen konnten. Als er sich bei meinen Eltern gerührt bedankte, sagte meine Mutter fröhlich: ‚Wer mit einer schwangeren Frau auf Reisen geht, muß gut ausgerüstet sein.‘ Das war wieder typisch Mutter. Erst zwei Tage zuvor hatte ich meinem Mann, und nur ihm, gesagt, daß wir wohl Eltern würden. Meine Mutter, das erfahrene Weib, hatte es längst erkannt.

Vaters letzter Rat war, wir sollten niemandem sagen, daß ich eine Roma sei. ‚Du siehst nicht so ganz typisch aus. Dein Gesicht ist ungewöhnlich schmal für unsereins, so wie das meine. Und die dunkelste Haut hast du auch nicht. Du stammst eben halt aus Böhmen, fertig.‘ Wir wußten sehr wohl, daß überall Vorurteile und Ablehnung gegenüber unserem Volk herrschten, so war dies ein durchaus guter Rat.

Über unsere Reise zu berichten fällt mir schwer. Karl kannte die Gebiete, durch die wir fuhren, von seiner Wanderschaft her und brauchte nicht viel zu fragen. Mir ging es nicht besonders gut, in den ersten Tagen mußte ich mich mit einem kräftigen Brechreiz herumplagen. Karl wollte aber flott voran kommen, so übernachteten wir meistens auf stillen Waldlichtungen oder an versteckten Stellen am Ufer der Donau. Wir erreichten nach wenigen Tagen Passau und kurz darauf Regensburg. Hier hatte Karl auf seiner Wanderschaft fast ein halbes Jahr lang bei einem Meister gearbeitet, an dessen Familie er gute Erinnerungen hatte. So fuhr er dort hin, um seine Frau vorzustellen.

Wir erlebten eine großartige Gastfreundschaft für zwei Wochen, in denen Karl für seinen früheren Meister tüchtig arbeiten mußte und auch noch gut bezahlt wurde. Ich durfte mir die schöne Stadt anschauen und mich verwöhnen lassen. Eine ganz neue Erfahrung. Eine weitere Erfahrung war, daß niemand auf den Gedanken kam, ich sei etwas Anderes als eine junge Frau aus Böhmen. Das war wie eine Probe auf die Zukunft.

Als Karl seine Arbeit dort erledigt hatte, spannten wir wieder an und erreichten nach nur zehn Tagen sein oberhessisches Heimatdorf. Als wir den Kirchturm von Weitem erkennen konnten, erfaßte meinen Liebsten eine deutliche Aufregung. Wie würde uns seine Familie empfangen? Die lange holprige Dorfstraße entlang erreichten wir das Haus seiner Eltern. Vor dem Hoftor hielt er die Kutsche an, sprang vom Kutschbock und half mir herunter. Da öffnete sich der kleinere Torflügel, und mit einem Freudenschrei sprang Karls Mutter auf uns zu. Wie ich sie erlebte, so hatte Karl sie mir beschrieben. Hager, das blonde Haar schon mit grauem Schimmer und die gleichen blauen Augen wie mein Mann. Zu meiner Überraschung nahm sie zuerst mich in die Arme, hielt mich dann ein Stück von sich, um mich anzusehen und lachte: ‚Eine hübsche Frau hast du dir mitgebracht!' Dann umarmte sie ihren Sohn mit großer Herzlichkeit.

Wie von Geisterhand öffneten sich die großen Torflügel, und ein ebenfalls hagerer fast weißhaariger Mann rief: ‚Dann bring erst mal das Fuhrwerk rein!' Karl führte die Stute am Halfter und sofort schloß sich hinter der Kutsche das Tor wieder. Nun nahm Jakob Weber seinen Sohn fest in die Arme. Dann erst schien er zu bemerken, daß da noch jemand mitgekommen war. Er streckte mir beide Hände entgegen und sagte mit einem verschmitzten Lächeln: ‚Willkommen, Schwiegertochter.' Kein Wunder, daß mein Karl ein so liebenswerter Mann war, bei diesen Eltern.

Am Abend saßen wir dann lange beieinander und mußten ausführlich Bericht erstatten über die Ereignisse der letzten Monate. Und meine Schwiegereltern erfuhren völlig gelassen meine Herkunft. Dann fragte plötzlich meine Schwiegermutter: ‚Wie alt bist du denn nun, Kind?' Kind hat sie von da an immer zu mir gesagt. Ich hatte unterwegs jeden Bezug zum Jahreslauf verloren und mußte den Kalendertag erfragen. ‚Es ist der einundzwanzigste Mai.'

‚Dann bin ich seit gestern achtzehn Jahre alt.‘ ‚Ui, ganz schön jung.‘ lachte der Schwiegervater. Und dann kamen wir auch mit der Nachricht heraus, dass ich schwanger sei. ‚Das ist recht,‘ sagte Karls Vater, ‚da werden wir nun zum dritten Mal Großeltern.‘ So erfuhr Karl, daß seine beiden Schwestern inzwischen geheiratet hatten und Mütter geworden waren.

Das Haus der Familie Weber war ganz auf das Handwerk zugeschnitten, mit einem recht großen Werkstatt- und Lagerraum, über dem die ‚Aushaltwohnung‘ vorgesehen war, zwei Zimmer, die durch das schmale Treppenhaus vom übrigen Wohnhaus getrennt waren. Kurzzeitig wurden wir hier einquartiert, dann tauschten Karls Eltern mit uns und wanderten in diese beiden Stuben, während wir nun die Hauptbewohner des Hauses wurden. Für mich war dieses Haus ein rechter Luxus, gemessen an unseren Hütten im verbotenen Dorf. Meine Schwiegermutter brachte mir geduldig bei, was ich als Wetterauer Hausfrau alles wissen mußte. Da sie gerne und in bunter Wortwahl erzählte, lernte ich schnell auch viel besser die deutsche Sprache, vor allem den Satzbau. Und ich gewöhnte mir gleichzeitig an, die Wetterauer Mundart zu gebrauchen. Alles das waren gute Hilfen, mich in die Dorfgemeinschaft einzufügen.

Noch wichtiger aber waren zwei andere Vorgänge: Gleich nach unserer Rückkehr ging Karl mit mir ins Pfarrhaus.

Der vom Schwiegervater als ‚sehr liberal und gütig‘ beschriebene junge Geistliche ließ sich meinen Werdegang beschreiben wie auch unsere Art der Eheschließung. Er überlegte kurz, holte dann ein dickes altes Registerbuch herbei und notierte sofort eine ‚Abschrift einer kaum lesbaren Heirathsurkunde‘ mit unseren Namen und dem Hochzeitstermin ‚23. März 1884‘. Er berichtete uns, daß in wenigen Wochen der gerade neu ernannte Standesbeamte des Dorfes ihn aufsuchen werde, um die Einträge seit 1876 in sein neu zu schaffendes Register zu übernehmen. ‚Gut, daß ihr noch zuvor hier her gekommen seid.‘ Für uns beide trug er als Konfession ‚evangelisch-reformiert‘ ein, was ja nur für Karl korrekt war, ich war als Kind katholisch getauft worden. ‚So ist es besser für hier, und ich werde dich schon richtig belehren.‘

Der zweite Vorgang war eine Geburt im Haus gegenüber. Die dörfliche Geburtshelferin, die alte Käthe Stephan, war gerufen worden, weil es bei der Nachbarsfrau mit der Geburt los ging. Offensichtlich gab es sehr große Schwierigkeiten, das Kind lag in Steißlage. Die Schwester der jungen Mutter kam zu uns gerannt und bat Karls Mutter um Hilfe. ‚Ich schick´ meine Schwiegertochter mit, die kennt sich aus.‘ Und schon war ich wieder mitten drin im Geschehen einer Geburt. Auch falsche Lagen waren mir vertraut. Von meiner Mutter hatte ich einige Griffe erlernt, mit denen man eine Lageveränderung versuchen konnte. Oft gelang das, so auch zum Glück in diesem Falle. Und wenige Minuten später war das kleine Büblein da und erleichterte uns alle mit kräftigem Gebrüll. Von dieser Stunde an war ich im Dorf nicht mehr die Fremde. Und die alte Käthe schlug mir vor, sie ab sofort bei jeder Geburt zu begleiten und demnächst ganz ihre Aufgabe zu übernehmen. Ihre Kraft lasse doch nach. - Ich bin jetzt hier wirklich zu Hause und darüber sehr glücklich."

Lotte hatte die ganze Berichterstattung nun wieder einmal zu Ende gelesen, denn nach diesem Satz standen nur noch bestimmte Termine des gemeinsamen Lebens von Alice und Karl Weber aufgeschrieben:
„9. Sept. 1884 Karl bekommt den Meisterbrief
27. Dez. 1884 Geburt unserer Tochter Erna
8. May 1886 Geburt unseres Sohnes Johann
12. Jenner 1889 Geburt unseres Sohnes Jakob
20. May 1904 Geburt unserer nachgeborenen Tochter
Charlotte. - Gottes Geschenk zu meinem 38. Geburtstag
8. Okt 1904 Ernas Hochzeit mit Helmut Hinkel hier
9. Juni 1905 Geburt unseres Enkels Hans-Joachim Hinkel
7. July 1907 Geburt unserer Enkelin Esther Hinkel
12. Dez 1908 Johanns Hochzeit mit Emilie Waas in Nieder-
Florstadt
27. July 1909 Geburt unserer Enkelin Elfriede Hinkel
17. Aug 1909 Geburt unseres Enkels Helmut Weber
24. Dez 1911 Geburt unseres Enkels Paul Weber
1914 KRIEG , unsere jungen Männer werden Soldaten!!
Gott schütze uns alle!!"

Praxiseinstieg

Der „Als-ob-Kaffee" im Hause Bellersheim schmeckte gar nicht so schlecht. Das betagte Ehepaar hatte Peter in eine gemütliche Wohnstube gebeten. Und es gab sogar einen Apfelkuchen. Doktor Bellersheim beschrieb ihm nun die Situation seiner Praxistätigkeit. Die meisten Patienten wohnten zwar in Reichelsheim selbst, aber auch in den kleinen umliegenden Ortschaften habe er öfter zu tun. In den kleinen Dörfern nach Osten hin überschneide sich sein Arbeitsbereich mit dem seines Kollegen Lohfink, der zwar auch nicht mehr der Jüngste sei, aber infolge bester Gesundheit wohl noch so zwei, drei Jahre weiter praktizieren wolle. Sie hätten im Laufe der Jahre eine gute Freundschaft entwickelt.

Der Sohn Martin Bellersheim habe bereits 1938 die Reichelsheimer Praxis übernommen, sei aber seines jungen Alters wegen 1942 vor der Einrichtung der Ostfront zum Stabsarzt-Dienst eingezogen worden. Peter kannte das. „Mich haben sie schon 1940 aus der Uniklinik in Halle weggeholt. Ich hatte alle Abteilungen durch und wollte mich eigentlich in Breslau als Nachfolger eines Freundes meiner Eltern als Hausarzt niederlassen. Aus und vorbei." Bellersheim zeigte ihm nun den letzten Feldpostbrief des Sohnes, abgesandt vor Weihnachten 1944 in einem unleserlichen Ort, vermutlich tief drinnen in Russland. „Wir hoffen inständig, dass er in russische Gefangenschaft gekommen ist, auch wenn das schrecklich genug ist. Aber irgendwann endet jede Kriegsgefangenschaft." Frau Bellersheim seufzte tief.

Wie auf Verabredung betrat eine zierliche gut dreißigjährige Frau die Stube, ein Kleinkind auf dem Arm und zwei etwas ältere Buben links und rechts. „Na, da kommt ja gerade unsere Schwiegertochter. Wir haben in diesem großen Haus zwei getrennte Wohnungen. Die oben ist größer, weil sie auch über die Praxisräume geht, das ist für die junge Generation genau richtig." Peter begrüßte die junge Frau Bellersheim und beobachtete mit einiger Hochachtung, wie entspannt und gelassen sie wirkte, und wie zuversichtlich sie zu ihrer Schwiegermutter sagen konnte: „Martin kommt bestimmt zurück, da bin ich mir ganz sicher." Und die beiden Buben stürzten sich sogleich auf Omas Apfelkuchen.

Die Ärzte trafen nun die Verabredung, dass Makowski als angestellter Arzt sofort die ärztliche Tätigkeit in der Praxis übernehmen solle. Seine Wohnung im Pfarrhaus Scriba konnte er vorerst behalten, das hatten ihm die Pfarrersleute zugesichert. Bevor er nach dort zurückkehrte, zeigte ihm Bellersheim noch sein Auto.

Das war ein noch gar nicht so alter Mercedes, der aber schon ziemlich ramponiert aussah. „Die alleine gebliebenen Bauersfrauen mussten erst einmal lernen, mit ihren Gespannen umzugehen, manche Kurve wurde da etwas eng genommen und wenn dann da gerade mein Auto stand ..." Er lachte und fragte „Sie haben doch die Fahrerlaubnis?" „Natürlich." „Na also, nun hat die Karre einen weiteren Nutzer. Also dann, morgen früh um acht geht´s los."

Die nächsten Tage entwickelten sich völlig anders, als sich die beiden Ärzte das vorgestellt hatten. Amerikanische Lastwagen und die Eisenbahn brachten eine Menge Menschen in die Dörfer, Geflohene aus den verlorenen Ostgebieten standen plötzlich vor der Tür. In nahezu jedem Dorf wurde per Anordnung eine kleine „ehrenamtliche Wohnraumkommission" von den Amerikanern eingesetzt, die darüber zu befinden hatte, welche Familien zwangsweise Vertriebene aufnehmen mussten. Das war in jedem zweiten und dritten Haus der Fall. Da prallten mitunter Welten aufeinander: Städter trafen auf Dörfler, Katholiken auf Protestanten. Viele Häuser hatten nur eine Plumps-Toilette überm Hof und einen einzigen Wasseranschluss. Wer gar keinen Raum zur Verfügung stellen konnte, musste den Flüchtlingen unter Zwang Mobiliar abgeben. Mit diesen Maßnahmen waren heftige Reibungspunkte programmiert.

Vor allem die Pfarrer und die Ärzte waren gefragt, um die stärksten Auseinandersetzungen abzumildern. Es gab mitunter eine breite Front gegen die Fremden, die vor allem deshalb vorwiegend in ländlichen Gebieten untergebracht wurden, weil dort Wohnraum, Essen und Arbeit leichter zu organisieren waren als in der Stadt. Trotzdem waren die Ressourcen knapp, deshalb sind die Vertriebenen als Konkurrenten betrachtet worden. Es übertraf die Vorstellungskraft vieler, wie zwölf Millionen Menschen im geschrumpften Nachkriegsdeutschland aufgenommen werden könnten. Nach dem zweiten Grenzvertrag vom 16. August 1945 mit der polnischen „Provisorischen Regierung der Nationalen Einheit" sah aber niemand mehr eine Möglichkeit der Rückkehr, also wurden die provisorischen Vertriebenenlager aufgelöst und die Familien aus dem Osten Zug um Zug in „vorhandenem Wohnraum" untergebracht. Aktuell war nun auch die Wetterau Unterbringungsgebiet.

Für Peter brachte das viel Arbeit. Zahlreiche Flüchtlinge waren gesundheitlich angeschlagen, und die aufgeheizte Stimmung belastete alle Gemüter. In den Häusern fehlten oft sowohl in den Eigentümerfamilien als auch in denen der Vertriebenen die Männer, von deren Schicksal entweder Schlimmes oder gar nichts bekannt war. Das steigerte die Aggressivität bis zur Hysterie. Scriba saß in seiner Funktion als kommissarischer

Landrat ständig in irgendwelchen Gremien, die um Ausgleich und Abhilfe bemüht waren, oft aber blieb nur Resignation.

Martin Bellersheim hatte von seinem Vater eine ganz ordentliche Ausstattung der Praxis übernehmen können. Peter fehlten aber jetzt Medikamente. Die ortsansässige Apotheke war fast leer gekauft. Der Apotheker war 1944 noch eingezogen worden und seine Frau reichlich hilflos. Doch dann kam plötzlich eine amerikanische Maßnahme zu Hilfe. Wöchentlich wurden Arzneilieferungen durchgeführt, zwar in festgelegter Menge, aber doch hilfreich.

Durch die Überbelegung der Häuser mit Vertriebenen hätte Peter gar keine Wohnung finden können. So war er froh, dass er im Pfarrhaus bleiben konnte. Und Maria Scriba war insgeheim dankbar, weil sie durch ihre Schwester und den Arzt das Haus so belegt hatte, dass ihr keine weitere Einquartierung mehr zugemutet wurde.

Frühere Kriegszeiten

Der Braunkohleabbau, die Förderbänder, die beiden Transportbahnlinien und die Mischanlage, mit der schlechtere und bessere Braunkohle zu einer Durchschnittsqualität gebracht wurden, waren in einem guten technischen Zustand. Somit konnte sich Helmut mit den Arbeitsabläufen und den persönlichen Befindlichkeiten aller seiner Mitarbeiterinnen und Mitarbeiter recht intensiv beschäftigen. Er wusste natürlich, dass diese Arbeit für die Frauen zu schwer war. Er bemerkte sehr bald, die meisten wären gerne zu Hause geblieben wie vor der Zwangsverpflichtung. Oder in anderen Funktionen eingesetzt, wenn sie das schmale Einkommen dringend benötigten. Im Nachdenken über diese Erkenntnisse kam ihm der Gedanke, die nutzlos in den Dörfern herumhängenden vertriebenen Männer einzustellen. Als Quereinsteiger in diese berufliche Tätigkeit hatte er bisweilen auch die Ideen eines Querdenkers. Die Ausführung seiner jüngsten Idee erwies sich als recht einfach und durchaus nützlich, sowohl für das Kraftwerk als auch für die jeweils betroffenen Familien.

Sein Werdegang seit seinem Einstieg in den elterlichen Bauernhof war ungewöhnlich genug. Ab Januar 1904 war er wieder zu Hause. Damit entlastete er seine Eltern und war häufig mit seiner Erna zusammen. So entschlossenen sie sich auch, noch in diesem Jahr zu heiraten. Die Geburt der kleinen Charlotte, Ernas so viel jüngerer Schwester, war verblüffend problemlos verlaufen. Aber Vater Karls Herzenswunsch für diesen klangvollen Namen konnte nicht verhindern, dass die Kleine schon nach wenigen Wochen nur Lotte genannt wurde. Am 11. Oktober wurde dann die Hochzeit Ernas und Helmuts gefeiert, morgens im dörflichen Standesamt und nachmittags in der Kirche. Ein besonders schönes Bild bot die Brautmutter. Auf ihren Armen das kleine Lottchen, mit den gleichen tiefdunklen Augen wie ihre Mutter, aber mit noch recht hellen Haaren. Gerade umgekehrt wie bei meiner Frau, dachte Helmut.

Erna erwies sich als tüchtige Bauersfrau, vernachlässigte aber ihre Aufgabe als Hebamme keineswegs. Da Ihre Mutter durch das kleine Lottchen doch einige Zeit voll beansprucht war, konnten sie ihre Arbeit erst nach Weihnachten wieder etwa so aufteilen, wie das zuvor gewesen war. Das war auch gut so, denn nun erwarteten Erna und Helmut ihr erstes Kind.

Helmuts Eltern waren inzwischen in die Aushaltwohnung über dem riesigen Hoftor übergesiedelt. Die Zwillinge hatten auch nacheinander geheiratet und waren zu ihren Männern gezogen. Agnes Hinkel wurde die Hausarbeit nicht etwa beschwerlich. Sie half, wo sie konnte. Noch immer regierte sie gerne in der gemeinsamen Küche, was Erna gerne zuließ, weil es ihr Freiraum für ihre „Nebenbeschäftigung" schaffte, wie Johann Hinkel gerne die Hebammentätigkeit nannte, die ihm gewaltigen Respekt abforderte. Nach der Geburt des kleinen Hans-Joachim, den sie alle recht schnell Hansel nannten, zog sich Opa Johann langsam aus der Arbeit im Hof zurück. Er hatte vor Jahren einen damals harmlos scheinenden Tritt von einem seiner Pferde erhalten, der jetzt, in seinem fünfzigsten Lebensjahr, ernste Beschwerden beim Gehen verursachte. Sein Sohn Helmut wurde nun der Hofeigentümer und arbeitete mit dem Knecht Hermann gut zusammen. Johann erwarb sich die Liebe seines Enkels durch häufige Beschäftigung mit dem Kleinen. Als der Laufen gelernt hatte, besuchten sie öfter die Großeltern Weber und saßen in Karls Werkstatt, der während seiner Arbeit gerne zuhörte, wenn Johann den Kindern Grimms Märchen vorlas. Lotte konnte viele bald auswendig, Hanselchen schlief stets nach einiger Zeit ein.

Die nächsten Jahre waren geprägt von Arbeit, Kinderkriegen und stabilen Verhältnissen in Hof und Familie. Die politischen Ereignisse, die zum Weltkrieg führten, nahm man in den Dörfern kaum wahr. Lotte war inzwischen im vierten Schuljahr, Hansel im dritten und Esther im zweiten. Während Hansel schulisches Lernen als notwendiges Übel einschätzte und viel lieber dem Vater bei der Hofarbeit half, waren beide Mädchen gute Schülerinnen. Weil Erna eine gute Schulkarriere in der Friedberger Mittelschule gemacht hatte, meldeten Alice und Karl ihre Jüngste auch dort zur erfolgreichen Aufnahmeprüfung. Ab Ostern musste sie nun mit sieben weiteren Kindern aus dem Dorf morgens früh zum Bahnhof und nachmittags wieder zurück laufen. Sie hatte damit kein Problem.

Am 28. Juli 1914 erklärte Österreich-Ungarn Serbien den Krieg. Innerhalb weniger Tage wurde dieser durch die deutschen Kriegserklärungen von Anfang August 1914 zum Kontinentalkrieg unter Beteiligung Russlands und Frankreichs. Die feste Überzeugung, den Kriegsgegnern überlegen zu sein, war weit verbreitet und wurde seit Jahren gestärkt vom überbordenden Nationalismus, vom Militarismus, von der rasanten Aufrüstung und vom Aufbau der Kriegsmarine. Hinzu kam, dass kaum jemand ein realistisches Bild von einem Krieg hatte. Der letzte Krieg - 1870/71 gegen Frankreich - war recht schnell gewonnen worden. Auf dem Land - also auch und gerade in der Wetterau - war die Begeisterung weit geringer als in den Städten. Denn dort lebten die meisten Menschen von der Landwirtschaft, und der Kriegsbeginn im August bedeutete eine direkte Bedrohung der Ernte, da viele Männer gleich zur Armee eingezogen wurden. Fast zwei

Millionen Männer mussten für Deutschland sofort in den Krieg ziehen. So auch Helmut und seine beiden Schwäger Weber wie auch die Männer seiner Schwestern.

An diese vier Jahre hatte Helmut nur schlimme Erinnerungen. Sein Schwager Jakob Sargk war bereits 1915 im Herbst gefallen. Da das Lohnunternehmen Sargk keine jungen Männer zu Hause hatte, Jakobs älterer Bruder war auch eingezogen worden, betrieben die beiden Ehefrauen das Geschäft schlecht und recht mit den alten Schwiegereltern alleine. Karl Weber hatte für die Schneiderei fast keine Aufträge. So half er Helmuts Eltern und Erna auf dem Hof, so gut er konnte und war auch zur Stelle, wenn im Sargkschen Betrieb Hilfe benötigt wurde. Ganz schnell zeigte sich, dass sein Enkel Hansel trotz seiner Jugend ein begabter Bauer war.

Helmut war im Jahr 1916 und im Jahr 1917 jeweils einmal auf Heimaturlaub. Während er beim ersten Mal noch alle zu Hause bei bester Gesundheit und guten Mutes vorgefunden hatte, stellte er beim zweiten Mal entsetzt fest, dass sein Vater und erst recht seine Schwiegermutter nahe an der vollständigen Erschöpfung angekommen waren. Alice musste die Hebammenarbeit fast alleine bewältigen, Erna war auf dem Hof kaum entbehrlich. Nur seine Mutter war in ihrer Zuversicht, dass der Krieg bald vorbei sein müsse, nicht zu *erschüttern. Ernas jüngeren Bruder, der auch Jakob hieß, erwischte es noch wenige Tage vor Kriegsende. Er hinterließ als Junggeselle zwar keine eigene Familie, aber für die ganze Familie war der Verlust doch ein herber Einschnitt. Ernas Großeltern kamen nicht über diesen Todesfall hinweg und verstarben im Oktober 1918 kurz hintereinander.*

Der Neuanfang nach Kriegsende gelang auf dem Hof recht problemlos, obwohl auch der alte Knecht Hermann inzwischen gestorben war. Erna hatte sich tüchtig eingearbeitet, Hans-Joachim mit seinen knapp 14 Jahren war bereits ein hervorragender Pferdemeister und Wagenkutscher geworden, und Helmuts Mutter besorgte noch immer perfekt alle Hausarbeit. Erna konnte nun ihre Mutter wieder in der Geburtshilfe entlasten. Das aber half der erschöpften Alice Weber auch nicht mehr. Im schlecht geheizten Haus der Familie einer werdenden Mutter hatte sie sich erkältet. Diese Erkältung wurde infolge ihrer Schwächung zur Lungenentzündung, und in den ersten Februartagen 1919 erlag sie dieser Erkrankung, noch nicht einmal 53 Jahre alt.

Karl Weber, der dieses Ende schon seit einiger Zeit hatte kommen sehen, bewältigte seinen Kummer mit erstaunlicher Stärke. Seine Verantwortung für seine knapp fünfzehnjährige Tochter und die gerade wieder richig anlaufende Schneiderei verhinderten eine zu starke Erinnerungsbelastung. Sein Sohn Johann war unversehrt aus dem Krieg zurückgekommen. Er hatte schon 1910 in einen landwirtschaftlichen Betrieb in Nieder Florstadt eingeheiratet, zwei gesunde Söhne und wurde nun nach seiner Heimkehr erneut Vater. Lotte hatte natürlich zuerst heftig mit dem Verlust ihrer Mutter zu kämpfen, fasste aber dann den Entschluss, ihrem Vater den Haushalt führen zu wollen. Sowohl bei Mutter Alice als bei ihrer großen Schwester Erna und deren Schwiegermutter hatte sie viel gelernt, was sie nun umsetzen konnte. Oft saß sie am Abend mit Ernas Familie zusammen und holte sich so die nötige Kraft. Und abends war ihr Vater zumeist länger außer Haus, da er sich angewöhnt hatte, im Nachbardorf im Betrieb der Familie Sargk, in der ja nun der eine Sohn fehlte, die Rechnungsbücher zu führen, welche Aufgabe Jakob früher perfekt erledigt hatte. So fiel beiden die Decke nicht auf den Kopf, wie Karl gerne sagte. Zudem liebte er den häufigen Fußmarsch durch die Felder.

Ärztliche Zusammenarbeit

Einige Monate waren ins Land gegangen. Peter Makowski hatte sich gut in die Arbeit eines Landarztes hineingefunden und nahm gerne die Erfahrung des alten Kurt Bellersheim in Anspruch. Bei einem seiner Gespräche mit ihm erfuhr er beiläufig, dass sich früher die benachbarten Ärzte jährlich mindestens zwei Mal zu einem Gedankenaustausch getroffen hatten, was während des Krieges allmählich unterblieben war, auch wegen anfänglicher Meinungsverschiedenheiten über das Hitlerregime. Vor allem die älteren waren gegenüber der NSDAP misstrauisch, sie hatten das Ende des Kaiserreiches noch nicht ganz verwunden. Und bei den jungen gab es Konflikte zwischen den zuvor für Hitler Begeisterten und einigen kritisch eher links Gesonnenen. Weil er vermutete, dass politische Themen aktuell keine Rolle spielen dürften und wohl alle Kollegen Probleme mit der schwierigen Medikamentenversorgung und wohl auch der Besatzungsmacht haben dürften, von den Nöten der Familien ohne Männer ganz zu schweigen, machte er sich daran, dieses Treffen wieder einzurichten.

Ein gemütliches Hinterzimmer einer Reichelsheimer Gaststätte bot sich an. Die Wirtin versprach echten Kaffee, den sie seit einiger Zeit über die Amerikaner beziehen konnte, sowie einen ordentlichen Kuchen mit Wetterauer Bohnäpfeln. Und Sahne dazu könne sie auch bieten. Bellersheim war von Peters Gedanken begeistert und unterschrieb gerne die Einladungen mit ihm zusammen. Zur Verwunderung beider fehlte zu dieser Sonntagsveranstaltung kein einziger der benachbarten Kollegen, so dass immerhin mit Bellersheim zwölf Ärzte verschiedensten Alters zusammengekommen waren. Die Autos der Ärzte waren alle entweder recht alte Modelle oder nunmehr zum zivilen Dienst umfunktionierte Militärfahrzeige. Zuerst stellte sich jeder vor, denn einige in der Runde waren neu. Die sechs Jüngeren waren alle an der Front gewesen und auf verschiedenste Weise wieder zurückgekommen oder, wie Peter, hier neu in eine bestehende Praxis eingestiegen, zwei als Nachfolger gefallener Ärzte. Die älteren Sechs kannten einander sehr genau, aus guten wie aus schlechten Tagen.

Sitznachbar Peters war Doktor Lohfink aus dem Nachbarort, dessen Praxis, wie Peter wusste, vier kleinere Dörfer betreute. Sie kamen schnell ins Gespräch. Plötzlich entdeckte Peter im Revers der Jacke des alten Arztes eine ihm wohlvertraute Nadel, deren Kopf einen kleinen goldenen Ring bildete. Direkt fragte er deshalb: „Habe ich es hier mit einem Wingolfiten zu tun?" „Nein, nicht mit einem, sondern mit Dreien."

antwortete Lohfink, „außer mir noch Bellersheim und der Schröder aus Echzell." „Dann sind wir jetzt vier, ich bin in Halle aktiv gewesen." „Bellersheim und ich in Gießen und Schröder in Marburg." Als die Runde diese neuen Erkenntnisse erfuhr, gab es ein großes Hallo. Zu jener Zeit waren eigentlich alle irgendwie in einer Studentenverbindung aktiv gewesen. Bellersheim kam extra um den Tisch herum und klopfte Peter auf die Schulter. „Mensch, warum haben wir beide das nicht mitbekommen?" „Weil wir alle unter Adolf ein bisschen unsere Erinnerungsstücke aus der Studienzeit versteckt haben. So wird es bei dir wohl sein." schmunzelte Lohfink.

Die Gespräche rund um den Tisch waren recht lebendig geworden. Lohfink hatte sich nach Martin Bellersheim erkundigt und erfahren, dessen Frau habe vor wenigen Tagen beglückt einen Brief von ihm aus russischer Gefangenschaft erhalten, aus einem Lager in der Nähe von Cottbus. Also lebte er noch und würde irgendwann auch wiederkommen. „Und was gibt es dann mit dir?" Lohfink betrachtete seinen Nachbarn voller Interesse. „Ich muss mir dann eine andere Arbeit suchen." „Haste schon gefunden. Ich will und muss bald aufhören. Dann kannst du bei mir einsteigen und meine Praxis ganz übernehmen." Bellersheim hatte das Gespräch über den Tisch mitgehört und bat: „Du lässt ihn uns aber, bis

Martin zurück ist und wieder arbeiten kann." „Klar doch. Soo eilig habe ich es auch nicht mit dem Ruhestand."

Nach einiger Zeit kam der vierte Wingolfit Werner Schröder mitsamt seinem Stuhl um den Tisch herum und setzte sich für einige Zeit an die Ecke zwischen Peter und Lohfink. Er erkundigte sich nach Peters Zeit als Militärarzt und meinte dann seufzend: „Dann warst du also schon von Anfang an skeptisch gegenüber Hitlers Führung im Deutschen Reich. Nicht so verblendet wie ich. Bereits 1933 bin ich in die SA eingetreten und habe jahrelang mit mir heute unverständlicher Begeisterung den dem System dienenden Arzt gegeben. Erst nach einem Jahr Fronterfahrung, als der Krieg 1942 nicht zu Ende war, sondern der Führer die Ostmächte angriff, wurde mir der ganze Irrsinn plötzlich bewusst. Meine Vergangenheit hat mir den Einstieg in die Praxis des verstorbenen Echzeller Vorgängers erheblich erschwert. Da ich hier aus der Gegend stamme, aus Beienheim, kannte mich der Reichelsheimer Pfarrer Scriba und glaubte mir meine Abkehr vom Nationalsozialismus. Erst sein ‚Persilschein' hat mich so ‚entnazifiziert', dass ich hier unbelastet arbeiten kann. Ich wollte dir das gleich erklären, damit du nicht durch die letzten noch umherschwirrenden Gerüchte irritiert wirst."

Die anschließenden Gespräche der Ärzte wendeten sich dann praktischen Fragen zu. Wie klappen die Telefonverbindungen in den Dörfern? Wie lässt sich die Medikamentenversorgung verbessern? Lässt sich mehr freie Zeit für jeden durch organisierte Vertretungs- und Notdienstpläne einrichten? Welche Maßnahmen helfen bei der Bewältigung der Vertriebenen-Zuwanderung? Gibt es Möglichkeiten, Patienten in die Krankenhäuser nach Bad Nauheim und Friedberg zu bringen, ohne erst ein noch seltenes Privatauto finden zu müssen? Ist die Hebammenversorgung ausreichend? Wie klappt die Zusammenarbeit mit der Frankfurter amerikanischen Gesundheitsbehörde? Die Zeit war viel zu kurz, um alles sinnvoll zu besprechen. So wurden Peter und Werner Schröder damit beauftragt, regelmäßige Treffen zu organisieren und möglicherweise Partner einzuladen, mit denen die anstehenden Fragen zu klären sein könnten. Zur nächsten Zusammenkunft sollten die beiden Apotheker aus Reichelsheim und Echzell angefragt werden. Und Bellersheim bot an, Entlastungspläne zu entwerfen, er hätte ja nun die Zeit dafür übrig.

Veränderungen

Im Leben von Erna und Helmut war der Tod Alices ein tiefer Einschnitt, mehr noch für die nachgeborene Lotte. Helmut erinnerte sich an zahlreiche Einzelheiten:

Für Lotte wurde ihre Schwester Erna recht schnell zur vertrautesten Person. Erna setzte bei ihr fort, was ihre Mutter begonnen und ihr selbst im gleichen Lebensalter die Bewältigung des großen Schrittes vom Kind zur Frau erheblich erleichtert hatte. Sie führte mit ihrer kleinen Schwester viele erhellende Gespräche und nahm sie sogar, eingedenk der Erinnerungen an ihre Mutter, schon regelmäßig mit zur Beratung Schwangerer und auch zu den Geburten und der Nachsorge. Für Lotte stand es schon in dieser Zeit fest, dass auch sie Hebamme werden, die inzwischen professionell durchzuführende Ausbildung in Gießen wahrnehmen und später in Ernas Arbeit mit einsteigen wolle. Eine zweite wichtige Vertrauensperson wurde Helmuts Mutter Agnes. Bei ihr schaute sie sich nicht nur alle Kenntnisse ab, die sie zur Haushaltführung bei ihrem Vater brauchte, sondern auch eine ganze Menge Hantierungen im landwirtschaftlichen Betrieb ihres Schwagers.

Helmut hatte in der Zeit nach dem Weltkrieg seiner Frau eine kleine leichte Kutsche aus der Vorkriegszeit kaufen können, die den alten schweren Wagen ihrer Eltern aus der Reisezeit durch Österreich und Süddeutschland ersetzte. Nach dem Tod der alten Stute Webers waren die Arbeitspferde aus der Landwirtschaft oft schlecht abkömmlich gewesen, wenn ihre Mutter oder sie unplanbar schnell zu einer Geburt hatten eilen müssen. Jetzt hatte er ein kräftiges Pony gefunden, das nur für den Hebammendienst oder für Fahrten zu seinen Schwestern oder Ernas Bruder, selten auch zu seinem ehemaligen Ausbilder, zum Einsatz kam. In der bescheidenen Nachkriegszeit ein großer Luxus.

Irgendwann eines Samstags Anfang März 1920 bat Karl Weber seine Tochter und seinen Schwiegersohn, der kleinen Lotte über Nacht Quartier zu geben. Er werde vielleicht über Nacht weg bleiben, das wisse er aber noch nicht. Die „kleine" Lotte war tatsächlich die körperlich kleinste ihrer Geschwisterschar geblieben, Johann und der im Krieg gefallene Jakob hatten ihren groß gewachsenen Vater ein wenig übertroffen und auch Erna war eine recht groß gewachsene Frau, trotz der Geburten immer noch schlank und von aparter Schönheit. Lotte indessen hatte die etwas gedrungenere Statur ihrer Mutter geerbt und war inzwischen mit ihren fast 16 Jahren zu einer durchaus attraktiven jungen Frau erblüht. Mit ihrer wilden dunkelblonden Mähne, die in der Sonne manchmal schimmerte wie Altgold, und den darunter keck hervor lugenden fast schwarzen Augen war sie irgendwie anders als die anderen Mädchen des Dorfes und zudem unter diesen eine Art Anführerin. Eben in fast jeder Hinsicht Tochter ihrer Mutter. Schlau wie diese bemerkte sie nach dem Aufbruch ihres Vaters ins Nachbardorf zu Helmut: „Ich wette, heute will er es wissen mit deiner Schwester."

Erna und Helmut hatten sich schon manchmal gefragt, warum er mit solchem Eifer in der Fima Sargk als Buchhalter aushalf. Der Gedanke, die verwitwete Emmi könne die Ursache sein, war ihnen nie gekommen. Aber Lottes Bemerkung war einsichtig, Karl war ziemlich einsam, Emmi auch, und beide verstanden sich offensichtlich sehr gut. Wie gut sie sich schließlich in dieser Nacht verstanden hatten, zeigte sich am Nachmittag, als kurz nach der Mittagsmahlzeit die Kutsche der Familie Sargk in den Hinkelschen Hof einfuhr, auf dem Kutschbock ein sichtlich verliebtes Paar. „Hat er sie also erfolgreich verführt." lachte Lotte. Und Erna mahnte. „Schwesterlein! Bitte keine Kommentare!"

Die waren auch nicht nötig. Emmi und Karl waren entschlossen, beieinander zu bleiben und bald zu heiraten. Opa Johann Hinkel, inzwischen schon ganz heftig gesundheitlich angegriffen, kommentierte das Ganze dann doch auf seine Weise: „Wenigstens bin ich dann immer noch über vier Jahre älter als mein

Schwiegersohn!" „Na, hör mal", entrüstete sich scherzhaft seine Frau, „hältst du dich mit deinen knapp Zweiundsechzig etwa für alt?"

Erna war im Stillen sehr froh über diesen Verlauf der Familiengeschichte. Den beiden Vereinsamten war gründlich geholfen, und für den manchmal ein bisschen aufreibenden Alltag mit ihrer zuweilen etwas lebendigen Jugend im Haus - ihre Drei und Charlotte - erhoffte sie sich von Emmi ein wenig Entlastung. Dass die mit ihren zwei Kindern und dem Betrieb längst genug eigene Aufgaben hatte, bedachte sie in diesem Augenblick natürlich nicht.

Bereits am Samstag vor Pfingsten fand dann tatsächlich die Hochzeit statt, wenige Tage vor Karls achtundfünfzigstem Geburtstag. Letztlich vermisste Erna dann gar nicht die Entlastung durch ihre Schwägerin, die nun zugleich ihre Stiefmutter geworden war. Ihre eigenen Kinder waren eigentlich nie schwierig gewesen, und ihre kleine Schwester Lotte war ja jetzt, als sie ihren Mittelschulabschluss hatte und sechzehn Jahre alt geworden war, mit einem geradezu bewundernswerten Eifer in der Gießener Hebammenschule, wo sie im Wohnheim lebte. Am Wochenende kam sie jeweils nach Hause und half noch bei der Feldarbeit und im Haushalt des Hofes.

Das Schneiderhaus stand nun erst einmal leer. Es würde wohl irgendwann gerne von einer der Generationen der Familie bewohnt werden, weil die vorige Generation im Hof noch nicht sehr alt war und der ehemalige Hansel, der sich jetzt gerne Hans nennen ließ, zielsicher auf den Bauernberuf zuarbeitete. Nach dem achten Schuljahr der lästigen Volksschule lernte er nun voller Eifer bei Helmuts ehemaligem Ausbilder in der Domäne.

Doch der ruhige Gang im Leben der Familie Hinkel fand ein jähes Ende. Am siebten Januar 1921, einem Freitag, war Erna recht lange bei einer schwierigen Geburt in einem der Nachbardörfer beschäftigt gewesen. Es war schon die Zeit der aufkommenden Abenddämmerung, als sie sich mit ihrer Kutsche auf den Heimweg machte. Es hatte den ganzen Tag über bereits leichten Frost gegeben, und nun fing es auch noch an zu regnen. Erna hatte die Laternen angezündet und hielt das Pferd in gemächlichem Schritt, so war die Glätte kein Hindernis zum Heimkommen. Plötzlich aber brach eine Rotte Wildschweine aus dem Unterholz des Waldes, an dessen Rand entlang der Weg führte. Das Pony scheute, galoppierte erschreckt los und rutschte nach wenigen Metern mit der kleinen Kutsche in den Straßengraben. Erna wurde aus dem Wagen geschleudert und prallte mit dem Kopf gegen einen Baum. Das Pony rappelte sich auf, zerrte mit aller Kraft die Kutsche aus dem Graben und lief völlig in Panik nach Hause zum Hof. Mit schrecklichen Vorstellungen, was passiert sein könnte, machte sich Helmut mit ein paar schnell zusammengerufenen Nachbarn auf den Weg, seine Frau zu finden. Durch ihre starken Laternen hatten sie den Ort des Unglücks schnell entdeckt, Erna Hinkel war nicht mehr zu helfen. Sie war wohl sofort bei dem Aufprall des Kopfes ums Leben gekommen.

Problemlösungen

Der erste Kontakt Peters zum fast gleichaltrigen Werner Schröder und die anschließenden gemeinsamen Aufgaben ließen die beiden Ärzte recht bald zu guten Freunden werden. Einmal im Monat luden Schröders den verwitweten Kollegen zum sonntäglichen Essen und späteren Kaffe mit Kuchen in ihr Haus. Da die Wohnung über der Praxis für eine Familie mit vier Kindern gerade ausreichend groß war, hatte Schröders Frau keine Vertriebenen aufnehmen müssen. So war das Arzthaus eine recht friedliche Oase in dem großen durch zahlreiche Einquartierungen aufgewühlten Dorf. Aber gerade deshalb machte sich Irmela Schröder intensiv Gedanken, ob man die Situation in den Häusern entspannen helfen könne. Gemeinsam mit der Frau des Gemeindepfarrers und der des Apothekers hatte sie inzwischen eine Möglichkeit gefunden, in einer eigentlich ungenutzten Lagerhalle der inzwischen geschlossenen – zuvor jedoch nationalsozialistischen - „Warengenossenschaft des Reichsnährstandes der Wetterau" gemeinsame Gesprächs-, Koch- und Nähstunden für sowohl einheimische als auch vertriebene Frauen zu organisieren. Nach anfänglichem Zögern hatte sich der Zuspruch allmählich so vergrößert, dass nun schon zwei Treffgruppen verschiedener Altersstufen entstanden waren. Peter war von dieser

Sache sehr beeindruckt und berichtete davon den beiden Schwestern Scriba und Seum.

„Das müsste sich hier doch auch organisieren lassen." Maria Scriba hatte auch gleich einen Vorschlag, wo das Ganze stattfinden könne. In Reichelsheim gab es ja die Gastwirtschaft mit einem Saal, und dort hatte man erstaunlicher Weise keine Vertriebenen einquartiert. Johanna Seum hatte gleich Zweifel, ob man anders als durch persönliches Ansprechen an die Frauen herankommen könne. Also beschlossen beide Schwestern, erst einmal in den Nachbarhäusern die Frauen einzuladen und dann auf eine Art Schneeball-Effekt zu vertrauen. Und so entstand dann auch in Reichelsheim eine langsam aber stetig wachsende Frauenbegegnungsarbeit, hier aber als „Frauenhilfe" unter der Verantwortung der Kirchengemeinde.

Von beiden Initiativen ging eine regelrecht friedensstiftende Wirkung aus. Die Frauen verloren allmählich die typische Angst vor dem jeweils Fremdartigen der anderen. Man merkte, dass man letztlich im gleichen Boot saß, wenn auch die Traditionen, die Mundarten und oft auch die Konfessionen völlig unterschiedlich waren. Eine junge Frau aus Niederschlesien, die mit ihren Kindern in Reichelsheim gestrandet war und bisher keine Nachricht von ihrem vermissten Mann hatte, drückte es so aus: „Wir leiden alle. Also müssen wir uns nicht noch gegenseitig Leid zufügen."

Eine ganz besondere Integrationskraft für die „Flüchtlingsfamilien", wie sie in den Dörfern genannt wurden, entfalteten die Schulen. Das gemeinsame Lernen und Singen der Kinder aller Familien überbrückte so manche Auseinandersetzung. Und über die Notwendigkeit, einig zu sein, sprachen die Lehrerinnen und Lehrer auch regelmäßig mit ihren Schülern. Auf der Straße spielten die Kinder alle miteinander, und ganz bald hatten die Flüchtlingskinder auch die Wetterauer Mundart gelernt.

Vollblutweib

Helmuts Mitgeschäftsführer Ludwig Böcher war seit Friedberger Schultagen ein treuer Freund. Immer einmal hatte er schon in der Zeit, als Helmut noch als Landwirt arbeitete und Erna noch am Leben war, mit seiner Frau bei Hinkels den einen oder anderen Besuch gemacht. Auch umgekehrt war das Ehepaar Hinkel immer einmal im Gettenauer Haus der Böchers zu Gast. Beide hatten als Leiter der jeweils technischen Anlagen nun dafür Sorge zu tragen, dass die angedachte Einstellung der Vertriebenen-Väter schnell durchgeführt wurde und die von der schweren Arbeit mürbe gewordenen Frauen wieder in ihre früheren Lebensumstände zurückkehren konnten. Bis auf zwei Lokführerinnen, deren Männer gefallen waren, und die den Verdienst benötigten, wollten auch tatsächlich alle Frauen schnellstens aufhören. So lief der Übergang problemlos.

Im Dorf war durch die Amerikaner der vorige Bürgermeister wegen seiner intensiven Nähe zum Nationalsozialismus abgesetzt worden. Helmut, der schon länger im Gemeinderat war, wurde mit großer Mehrheit zum Nachfolger gewählt. Lotte war das nicht ganz recht, wusste sie doch, dass ihr Mann nicht richtig gesund war.

Früh am Nikolaustag 1945, einem Donnerstag, begannen bei Lotte die Wehen. Die Kollegin aus Echzell war schnell zur Stelle. Helmut, der fernmündlich für diesen und den nächsten Tag freigenommen hatte, benachrichtigte auch den Hausarzt Lohfink, der ihn beruhigte, ihm erneut erklärte, Lotte und das Kind seien völlig gesund und bei besten Kräften, aber auch zusagte, er sei jederzeit abrufbereit. Lotte und ihre Kollegin, die schon seit ihrer gemeinsamen Ausbildungszeit befreundet waren, wussten als erfahrene Hebammen, das konnte lange dauern. Und genau so war es dann auch. Erst am frühen Abend hatte es das kleine Wesen geschafft, und Lotte hielt erschöpft aber überglücklich ihren Sohn im Arm.

Lotte hatte schon Wochen vorher traurig festgestellt, dass sie ihrem Kind nicht einen Namen ihrer Großeltern werde geben können. Helmut war dann zur Idee zurückgekehrt, die ihn und Erna veranlasst hatte, ihrer ersten Tochter den Namen Esther zu geben. „Nehmen wir eben Namen aus einer anderen Generation." Nachdem beide sich für einen Buben auf den Namen „Alexander" geeinigt hatten, wurde am nächsten Morgen der Eintrag auf dem Standesamt auch entsprechend vorgenommen.

An diesem Wochenende schliefen Mutter und Söhnlein viele Stunden lang, auch tags über. Diese Geburt war kein Spaziergang gewesen. Helmut hatte viel Zeit, auf einem alten Sessel neben den Beiden zu sitzen und seinen Erinnerungen nachzuhängen.

Ernas tödlicher Unfall hatte damals einen tiefen Einschnitt in sein Leben, in das seiner Kinder, in das seiner Eltern und auch besonders in Lottes Leben bedeutet. Sie hatte nun zum zweiten Mal in kurzer Zeit ihre wichtigste Bezugsperson verloren. Zu Karl hatte sie ein gutes und vertrautes Verhältnis, auch mit Emmi kam sie gut zurecht. Noch intensiver als zuvor widmete sie sich ihrer Hebammenausbildung. Als Jüngste ihres Kurses musste sie beweisen, dass ihre Aufnahme in die Schule kein Fehler gewesen war, und das bewies sie auch. Ihre Selbstständigkeit und eine wohl damit verbundene Selbstsicherheit wuchsen täglich. Auffällig war, dass sie ihre Wochenenden fast ausschließlich im Hinkelschen Haus verbrachte, Karl und Emmi besuchte sie nur stundenweise.

Helmuts Eltern sahen sich plötzlich wieder verantwortlich für Dinge, die schon jahrelang Ernas Aufgaben gewesen waren. Johann Hinkel rappelte sich auf und mühte sich jeden Tag zu den Jungtieren und den Hühnern, um die Fütterung sicherzustellen. Agnes Hinkel übernahm stillschweigend wesentliche Mutterpflichten bei ihren Enkeln.

Die drei Kinder nahmen den Tod ihrer Mutter ganz unterschiedlich. Hans entwickelte in seiner Ausbildung großen Ehrgeiz. Nach Auskunft seines Lehrherrn war er schweigsamer geworden, aber man hatte schon den Eindruck, dass er ganz gut zurechtkam. Esther mit ihren gut vierzehn Jahren hatte die größte Mühe, das Geschehen zu verarbeiten. Sie war ohnehin die Stille. Jetzt sah Agnes, dass sie sich um dieses Mädchen ganz besonders kümmern musste, und das tat sie auch. Die zwölfjährige Elfriede, stets schon das Sonnenscheinchen, gönnte sich eine Zeit heftigen Schmerzes mit vielen Tränen, war danach aber diejenige, die am schnellsten zum Alltag in Schule in Hof zurückfand. Agnes hätte Esther gewünscht, dass sie auch so intensiv ihrer Trauer Ausdruck hätte verleihen können, bestimmt wäre es ihr dann bald besser gegangen.

Helmut selbst versuchte, sich nicht von der auch für ihn nun entstandenen Mehrarbeit erdrücken zu lassen. Seiner Trauer ließ er nur Raum, wenn er abends allein in sein Bett fiel und erst einmal ordentlich weinte, bis er einschlief. Das half. Und nach einiger Zeit fiel es ihm schon leichter, den Verlust seiner Frau zu akzeptieren. Ganz praktisch sorgte er für technische Hilfsmittel. Zum Verstauen der Heumassen in die Scheune schaffte er sich einen Greifer an, der entlang einer Laufschiene im Scheunengiebel bis über das Heuviertel geschoben werden konnte, wenn er voller Heu per Flaschenzug vom Wagen bis nach oben gezogen worden war. So hoffte er, die Heuernte mit dem Knecht alleine zu schaffen. Und zum Unkraut Hacken in den Rübenäckern musste er eben eine Frau aus dem Dorf mehr bezahlen. Den Knecht hatten Erna und er ja schon die ganze Zeit wieder gehabt. Heini war aber kriegsversehrt und konnte mit dem linken Arm keine Kraft aufwenden. Dafür war er ein guter Pferdepfleger und -lenker.

Zu Ostern hatte sich Helmuts Freund Ludwig Böcher mit seiner Frau zum Besuch angesagt. Sie wollten einen größeren Spaziergang unternehmen und dabei einmal hereinschauen. Sie hatten den Gedanken, nun, mehr als ein Vierteljahr nach Ernas Tod, sei das angebracht. Agnes, Lotte und die Hinkel-Mädchen hatten schon ordentlich Kuchen gebacken und einige Eier mit Zwiebelbrühe und aufgelegten Blättern eingefärbt. So bedurfte es keiner besonderen Vorbereitung.

Im Laufe der Gespräche kamen Ludwig und Helmut auch zu den technischen Neuerungen des Hofes. Ludwig war genug Ingenieur, um sich die Heugreifer-Anlage einmal anschauen zu wollen. Also gingen die beiden Männer zur Scheune. Nachdem Helmut dem Freund die Anlage vorgeführt hatte, bemerkte dieser: „Deine Leute gehen sichtlich recht unterschiedlich mit dem Tod Deiner Frau um. Der Entwicklung deiner beiden Töchter dürfte das doch einen Dämpfer verpasst haben. Dein Sohn ist wohl auf einem ganz guten Weg. Aber deine kleine Schwägerin macht schon Eindruck, sowohl mit ihrem Verhalten als auch mit ihrem Aussehen. Ein richtiges Vollblutweib. Wie alt ist die?" „Im Mai wird sie siebzehn." „Könnte zwanzig sein, so wie sie auftritt." Helmut nickte, da hatte Ludwig wohl recht.

In den folgenden Wochen stellte Helmuts Familie fest, dass nun wohl auch er intensiv den Tod seiner Frau bewältigte. Er wirkte unzufriedener als sonst und ungewöhnlich reizbar. Er vergrub sich regelrecht in Arbeit und war offensichtlich bei dieser gerne allein. So kannten ihn seine Eltern eigentlich nicht.

Zum Pfingstmontag hatte er sich bei Ludwig und dessen Familie zum Besuch angemeldet. Lotte war zum Helfen auf dem Hof, Karl und Emmi auch, also konnte er sich die Abwesenheit leisten. Nach einem sehr behaglichen Nachmittag in der Familie Böcher begleitete ihn der Freund noch vor die Tür und verabschiedete ihn mit den Worten: „Dann grüß´ mir bitte deine Eltern, deine Kinder und deine Schwägerin, das Vollblutweib." Lachend gab er ihm die Hand und Helmut wanderte nun wieder nach Hause. Im Takt seiner Schritte trommelte es in seinem Kopf: „Das Vollblutweib, das Vollblutweib, das

Vollblutweib …" und schlagartig war ihm klar, weshalb er in den letzten Wochen so unzufrieden gewesen war. Er hatte sich unversehens in seine kleine Schwägerin verliebt und sich gegen dieses Gefühl mit aller Kraft gewehrt.

Am Abend wälzte er sich unruhig im Bett. Konnte er diesen Gefühlen nachgeben? Das Mädchen wurde in vier Tagen erst einmal siebzehn! Hatte er nicht eigentlich eher eine väterliche Verantwortung für sie? Hatte sie selbst überhaupt irgendein Gefühl für ihn? Und was würden seine Eltern, Karl und Emmi, seine Kinder und die Leute im Dorf wohl sagen? Schließlich war das übliche Trauerjahr noch lange nicht vorüber. Er versuchte, seine Zuneigung zu Lotte zu verdrängen, schüttelte energisch den Kopf und schlief dann auch ein. Nichts würde er sich anmerken lassen, beschloss er am Morgen bei der Stallarbeit, keiner sollte etwas bemerken.

Das war wohl leichter gedacht als getan. An den drei folgenden Wochenenden war er Lotte gegenüber auffällig zurückhaltend. Seine Mutter aber hatte schon länger bemerkt, dass in Ihrem Großen etwas kochte. Und als sie jetzt seine verstohlenen Blicke beobachtete, mit denen er mit großer Mühe an Lotte vorbei sah, war ihr alles klar. Am dritten Wochenende fragte sie ihren Johann, ob er das auch bemerkt habe. „Was du immer alles siehst!" Aber dann meinte er: „Ich sehe eher, wie das Lottchen unseren Helmut dauernd anhimmelt, also die ist wirklich in den verknallt." „Oh je, wo führt das hin?" „Na, bestenfalls zu einer neuen tüchtigen Schwiegertochter" schmunzelte der Alte.

In der Hebammenschule waren fast nur junge Frauen vom Land, deshalb gab es dort einige Tage Heuferien. Für Helmut gerade recht, denn mit dem Knecht alleine wäre die Heuernte schwierig geworden. So konnte er zusammen mit seinem Schwiegervater Karl die vier Wiesen mähen. Den Gabelwender mit einem der drei Pferde davor führte der Knecht im Wechsel über die Flächen, das fertig getrocknete Material zogen Helmut und Lotte dann mit den Rechen zusammen auf Zeilen. Inzwischen wechselte der Knecht das Fuhrwerk und kam mit dem langen Leiterwagen und den beiden ruhigeren Pferden zurück zur ersten trockenen Wiese.

Dort stieg Lotte auf den Wagen und setzte die Gabelfuder, die Helmut nach oben hob, gekonnt zwischen den Haltegittern zu einer festen Ladung auf den Leitern zusammen. An und in der Scheune halfen Esther und Elfriede dem Knecht mit dem Greifer. Und so ging das von einer Fläche zur anderen, vier Tage lang. Das letzte Flurstück war am weitesten vom Dorf entfernt, direkt am Rand des Gemeindewaldes gelegen. Weil der

Knecht jeweils zwischen den Ladevorgängen lange unterwegs war, hatten Helmut und Lotte schon während der zweiten Fuhre fast alles auf Zeilen gezogen. So hatten sie dann bei den letzten drei Fuhren jeweils reichlich Zeit. Die erste nutzten sie zum ganz sauber Ziehen der Zwischenräume.

Helmut hielt sich in diesen vier Tagen sehr intensiv unter Kontrolle. Wenn Lotte bei der Arbeit in der heißen Sonne trotz ihres breiten Strohhutes kräftig ins Schwitzen kam, klebte ihr leichtes Gewand an ihrem Körper. Das steigerte sein Begehren bis zur Unerträglichkeit. Und nun bei der vorletzten Heufuhre brachte sie ihm von der nahen Quelle einen Becher voll Wasser und setzte sich mit einem zweiten direkt neben ihn ins Heu. Sanft streichelte sie ihm sein schweißnasses Gesicht. Da ging ihm jede Kontrolle verloren. Das Dorf war weit weg, kein Mensch weit und breit, und nur ihre Leidenschaft im Heuhaufen hatte noch Bedeutung.

Als der Wagen den leichten Anstieg zur großen Wiese empor rumpelte, saßen beide sittsam nebeneinander und wendeten sich wieder ihrer Arbeit zu, als sei nichts geschehen. Heini, der Knecht, der schließlich nicht ganz weltfern war, merkte sofort, dass sein Chef fröhlich vor sich hin pfiff und Lotte strahlte. Er dachte sich sein Teil.

Heim zum Hof ließ Helmut den Knecht kutschieren und saß mit Lotte auf der Heuladung. Er hielt ihre Hand und grübelte, wie er denn nun seinen Kindern und seinen Eltern die neue Situation klar machen wolle. Um noch Zeit zu gewinnen, lud er zuerst einmal mit Heini den Wagen leer und verstaute in der Scheune das heruntergefallene Heu ordentlich im Heuviertel. Lotte und seine Töchter hatten schon im Stall angefangen und bald waren die Stände ausgemistet und alle Kühe gemolken.

Seine Mutter hatte das Abendessen gerichtet. Wegen der Hitze war es recht angenehm, nun in der kühlen Küche um den großen Tisch zu sitzen. „Na, ihr Beiden, was gibt es denn bei euch Neues? Ihr seid ja beide wie ausgewechselt." Johann nahm mit seiner Frage schlagartig die spürbare Anspannung von Helmut, die Lotte offenbar gar nicht erfasst hatte. „Tja, wir werden wohl für den Rest unseres Lebens beieinander bleiben. Darüber sind wir uns heute einig geworden." „Und mein Papa Karl wird sicher gegen eine Heirat seiner zweiten Tochter mit dem Witwer der ersten nichts einzuwenden haben. Erst einmal will ich aber meine Ausbildung fertig machen." „Wenn du nicht zwischendrin schwanger wirst und ihr dann doch besser gleich heiratet." Agnes dachte wie immer realistisch. Nun fragte Lotte die beiden Mädchen: „Was denkt ihr beide denn über unseren Plan, zu heiraten?" Die stille Esther, die schon immer ein ganz besonders herzliches Freundinnenverhältnis zu Lotte gehabt hatte, war diesmal schneller als das sonst so vorlaute Elfriedchen und strahlte: „So bleibt die Lotte nun immer bei uns. Ist das schön!" Elfriede musste auch noch etwas los werden: „Wir haben das ja schon länger gewusst. Ihr beide wart in den letzten Wochen so unleidlich, das konnte nur den einen Grund haben." Die ganze Tischrunde lachte herzlich. Lotte beugte sich zu ihrem Helmut und küsste ihn ausführlich vor der ganzen Familie. „Übermorgen ist Sonntag, da fahren wir zu Papa und Emmi. Die werden Augen machen!" Jetzt wollte Lotte auch von dort eine Zustimmung holen.

Manöverschäden

Im Verlauf des Jahres 1946 begegnete Peter eine völlig neue Angelegenheit. Eine etwa fünfundvierzigjährige Mutter, ihrer Mundart nach irgendwo aus Ostpreußen geflüchtet, stellte ihm ihre knapp einundzwanzigjährige Tochter vor. Sie bat um eine Erklärung, warum deren Monatsblutung nun schon zwei Mal ausgeblieben sei. Eine kurze Untersuchung bestätigte seine Vermutung, die junge Dame war schwanger. Die Mutter geriet völlig außer Fassung: „Nu sag mir sofort, wer ist der Vater? Mit wem hast du dich eingelassen?" Nach einigen Tränen und noch ein bisschen bockig kam schließlich heraus, dass sie, um von amerikanischen Soldaten die Zigaretten zu bekommen, die sie ihrer Mutter als hilfreiche Ersatzwährung mitgebracht hatte, gleich zweien der jungen Männer ihre Forderungen nach Sex erfüllt hatte. Einer der Männer hätte eine schwarze Hautfarbe gehabt. Eines der häufigen Manöver im nahen Waldgebiet hatte also den ersten Schaden in seinem Praxisbereich angerichtet. Das sollte nicht der einzige „Manöverschaden" bleiben.

Da Pfarrer Scriba noch immer kommissarischer Landrat war, besprach Peter mit ihm, trotz seiner ärztlichen Schweigepflicht, diese Gefahr für vermutlich nicht nur junge Frauen. Scriba nahm diese Sorge mit in das nächste Gespräch mit dem amerikanischen Kreiskommandeur, der auch für den Nachbarkreis Büdingen zuständig war. Verblüfft stellte er fest, dass diese schwierige Fragestellung längst in der Führungsebene der Besatzungsmacht angekommen war. Der sexuelle Umgang mit einheimischen Frauen stand sogar inzwischen unter Strafe. Der Kommandeur gestand aber ein, dass diese Androhungen recht wirkungslos seien, die Soldaten fänden schon immer wieder leichte Beute sowie Mittel und Wege der Unauffälligkeit.

Eine weitere Herausforderung für die Ärzte war das Kriegsversehrtenheim in der „Schloss" genannten alten Wasserburg am Rande des Wetterauer Rieds. Die Jahrhunderte alten Gebäude waren nach verschiedenen Nutzungen als Kinder- und Jugendheim sowie dann Müttergenesungseinrichtung kurz nach Kriegsbeginn zur Betreuung und Versorgung von schwer Kriegsversehrten umgewidmet worden. Das Land Hessen als Eigentümer hatte die Gebäude ohne große Herrichtung Zug um Zug mit den belasteten Männern belegt und in einem der Wohnhäuser ein Schwesternwohnheim eingerichtet. Seit Kriegsende waren zwar die Amerikaner zuständig, die bauliche Situation aber nicht besser. Feuchtigkeit und Kälte belasteten die Verwundeten und auch das Personal litt unter der unfertigen Situation. Für die

Betreuung der Untergebrachten war Lohfink der zuständige Arzt, aber mit zunehmendem Alter immer mehr überfordert. Bei einem der Arzttreffen bat er deshalb um Unterstützung. Schröder und Peter sagten ihm die sofort zu, zumal ja letzterer in einiger Zeit sowieso die Lohfinksche Praxis übernehmen würde.

Die Kriegsopfer, auf die eine Familie oder eine andere heimatliche Situation wartete, wurden von der amerikanischen Verwaltung sofort, wenn es zu verantworten war, nach Hause entlassen. Letztlich war eine Einrichtung mit Patienten entstanden, die infolge ihrer schwer erträglichen körperlichen Einschränkungen wie Gliedmaßenverlusten oder Kopfverletzungsfolgen seelisch zumeist völlig am Boden waren. So erschien es sinnvoll, auch die beiden alten Gemeindepfarrer wie auch die jüngeren, die allmählich wieder nach Hause gekommen waren, in die Betreuung einzubinden. Scriba und Ring merkten sehr bald, dass sie die Betreuung der Versehrten besser den Jungen überlassen sollten, die mit diesen Männern ihre Erfahrungen teilten. Ring, dessen schon länger angeschlagenes Herz ihn durchaus beeinträchtigte, war für diese Entlastung besonders dankbar. Das Schloss lag in seiner Kirchengemeinde. Ihn hatten dessen Probleme stets stark belastet.

Eines Abends bei der gemeinsamen Mahlzeit vertraute sein Gastgeber Scriba Peter eine neue Sorge an, die ihn schon seit einigen Wochen zunehmend belastete. Nach und nach entwickelten sich neue Partnerschaften, vorwiegend zwischen jüngeren verwitweten Frauen und bislang alleinstehenden Männern oder in eine fremde Gegend zurückkehrende Soldaten, deren Familien Ihnen im Osten auf vielfältige Weise verloren gegangen waren. Das sei im Grundsatz durchaus in Ordnung und sorge auch dafür, dass halbverwaiste Kinder wieder einen Vater erhielten. Nur, zumeist würden diese Paare nicht heiraten, weil die betreffenden Frauen sonst ihre Witwenrente gestrichen bekämen. In der Bevölkerung sei der Begriff „Onkelehen" entstanden, und in den regelmäßigen Konventen der Pfarrer sei man um den moralischen Verfall sehr besorgt. „Wie ich sie kenne, Herr Scriba, haben sie doch gar keine moralischen Vorbehalte, sie machen sich doch eher Sorgen um den Ruf der betreffenden Personen." Der Pfarrer lächelte verlegen, Peter hatte ihn durchaus richtig eingeschätzt. „Eigentlich wollte ich mir auch ihre Unterstützung holen, wenn ich öffentlich gegen die Vorurteile spreche. Ich denke, wenn der noch immer nicht funktionsfähige Staat und die Besatzungsmächte diese Verhältnisse mit ihren Gesetzen provozieren, muss man sie eben akzeptieren. Mit Ring muss ich mich abstimmen, wir denken oft recht ähnlich."

Bekanntgaben

Helmut hatte Lotte den kleinen Mann zum Stillen aus dem Körbchen gehoben und freute sich an dessen gesegnetem Appetit. Als Lotte ihn dann gewickelt und wieder niedergelegt hatte, fragte sie: „Du bist so nachdenklich, was beschäftigt Dich?" „Eine Menge Erinnerungen. Zum Bespiel unser Sonntagsspaziergang nach unserer Heugeschichte damals." Lotte lachte, und beide erinnerten sich nun gemeinsam an diesen denkwürdigen Tag.

Nach dem ausführlichen Sonntagsfrühstück war genügend Zeit bis zum abendlichen Melken und Füttern, um zu Fuß zu Emmi und Karl zu gehen, in einer guten Dreiviertelstunde war der Weg zu schaffen. Sie mussten nur noch an zwei Anwesen vorbei, dann waren sie auf dem freien Feld. Als die Dächer hinter der leichten Kuppe am Rand des Dorfes verschwanden, küssten sie sich erst einmal ausführlich, um dann Hand in Hand den Feldweg weiter zu verfolgen. Am „Kalten Busch" machte der Weg eine Biegung. Dort saß auf einem umgestürzten Baumstamm Pfarrer Zickrad, der für beide Orte zuständig war und auf dem Rückweg vom erledigten Vormittagsgottesdienst in seiner Filialkirche seine Verschnaufpause eingelegt hatte. Er ging den Weg immer noch gerne zu Fuß, obwohl es ihm manchmal doch beschwerlich wurde. So hatte er sich die Schattenpause am „Kalten Busch" angewöhnt. Erheitert hatte er die Beiden schon länger beobachtet. „Na, Charlotte", grüßte er, „wer hat denn da wen erobert, du den Helmut oder dein Schwager dich?" Etwas verlegen antworteten beide wie aus einem Mund: „Ich", und mussten dann doch lachen. „So muss es sein." Und der alte Seelsorger ergänzte. „Wenn das von beiden Seiten kommt, dann hat das völlig seine Ordnung."

„Das Trauerjahr macht uns Sorgen." Helmut war froh, sich seinem Pfarrer anzuvertrauen. „Die Erfinder dieser Sitte haben recht wenig Menschenkenntnis bewiesen." lächelte der erfahrene Seelsorger, und die beiden gingen erleichtert weiter.

Bei Webers im Wohnzimmer rückte Helmut dann auch gleich mit der Neuigkeit heraus. Seine schon zu Kinderzeiten ziemlich kecke Schwester lächelte nur und meinte dann: „Ihr Männer seid doch ein seltsames Geschlecht. Da quält ihr beiden reifen Männer euch wochenlang mit eurem Verlangen, tanzt um uns Frauen herum, als wären wir unantastbare Heiligtümer, und schließlich müssen wir selbst zupacken, um euch dahin zu bringen, wohin ihr doch so gerne wollt." Lotte blinzelte ihr verständnisinnig zu, und alle vier mussten herzlich lachen.

Plötzlich knarrte die Haustür. Die Stimme Otto Wolfs erklang: „Küche oder Wohnstube?" „Hier vorne in der großen Wohnstube sind wir Erwachsenen." Emmis Zwillingsschwester Maria und ihr Mann kamen herein und schauten etwas verwundert in die muntere Runde. „Ihr seid auch hier? Das ist aber schön." Maria grüßte ihren Bruder mit einem leichten Knuffen in die Seite und hielt dann inne. Mit einem Blick hatte sie die Situation erfasst und nahm Lotte in den Arm. „Und jetzt bist also du dran bei unserem Helmut. Zum alleine Bleiben ist er auch noch zu jung." „Und viel zu schade." Lottes Zusatz löste erneut große Heiterkeit aus.

„Dann ist das ja heute der Tag der großen Bekanntgaben." eröffnete Otto Wolf das Gespräch, nachdem sich die Beiden niedergesetzt und Emmi flink für Tassen, Teller und Kaffee gesorgt hatte. „Und wieso das?" wunderte sich Helmut. „Na, ja, bei uns hat sich nach langer Pause noch einmal Nachwuchs angemeldet." Plötzlich fing Emmi schon wieder an schallend zu lachen. „Na, ganz so zum Lachen ist das ja nicht. Schließlich bin ich bis zur Geburt schon dreiundvierzig Jahre alt." „Alt?" lachte nun auch Karl, „bei uns sieht das genauso aus. Und ich bin immerhin dann sechzig." „Dann bin ich ewige kleine Schwester auf einmal große Schwester. Kaum zu fassen." Lotte schüttelte nur noch den Kopf.

Die Zwillinge wollten nun wissen, wann Lotte mit ihrer Ausbildung fertig sei. „Für euch jedenfalls zu spät, nämlich Ende April. Aber wenn die derzeitig den halben Bezirk Ernas vertretende Hebamme, die Frau Waas aus Echzell, euch versorgt, seid ihr doch in besten Händen." Helmut wurde nun doch unruhig und mahnte Lotte zum Aufbruch. „Ihr mit euren Äpfeln oder Maschinen habt schon eher Sonntag, unser Vieh fordert sein Recht. Aber unseren Eltern verraten wir noch nichts vom neuen Enkelsegen, das macht ihr gefälligst selbst." Als sie sich dann verabschiedeten, nahm Karl seine Tochter an den Händen, stellte sie neben Helmut und schmunzelte: „Und wieder Milch und Honig." Helmut musste seinem Mädchen auf dem Rückweg dann erklären, was Karl damit gemeint hatte. Dabei fiel ihm auf, sie hatte das Lebensbuch ihrer Mutter noch nie gesehen.

Agnes Hinkel hatte diesen Tag genutzt, im Gehöft ein wenig umzuräumen. Elfriede sollte in das zweite kleinere Aushaltzimmer über dem Tor ziehen, in dem Lotte bisher geschlafen hatte. Esther bekam dadurch eine Kammer für sich. Hans schlief ohnehin, wenn er mal über Nacht zu Hause war, in der unbewohnten Knechtkammer. Heini hatte ja im Dorf seine Familie. Am Abend schaffte Lotte dann noch schnell ihre Habseligkeiten und die Bücher der Hebammenschule in den alten Schrank zu Füßen des breiten Bettes, in dem sie nun mit zuerst leichter

Überwindung den Platz ihrer verstorbenen Schwester eingenommen hatte. Helmut gestand ihr an diesem Abend ein, dass auch ihm in der ersten gemeinsamen Nacht mit ihr so etwas wie ein schlechtes Gewissen Erna gegenüber aufgekommen sei. Doch dann habe er sich daran erinnert, dass die immer gesagt habe: „Wir sind nun nach Mutters Tod für meine kleine Schwester verantwortlich." Und so solle es jetzt auch bleiben „bis der Tod uns scheidet."

Nachkriegsregelungen

Die ersten Jahre nach Kriegsende waren für niemanden ein Kinderspiel. Die zusammengedrängten Menschen gerieten viel zu schnell in Auseinandersetzungen um eigentlich lächerliche Kleinigkeiten. Die Armut, von der die alteingesessenen Bauernfamilien durch ihre Selbstversorgungsmöglichkeiten weitgehend verschont blieben, hielt sowohl die Vertriebenen als auch ortsansässige Arbeiterfamilien eisern im Griff. Nach der Getreideernte kamen zudem Leute aus den Städten aufs Land, um Reste aufzusammeln, die bei der Erntearbeit liegen geblieben waren. Nach der Kartoffel- und Rübenernte noch einmal das Gleiche. Da die Besatzungsmächte die Hausschlachtungen energisch reduziert hatten und auch scharf kontrollierten, damit genügend Fleisch in die Metzgereien kam, blühte eine Schattenkultur der Schwarzschlachtungen auf.

Die Reichsmark verlor zusehends an Kaufkraft, Zigaretten wurden zur allgemeinen Ersatzwährung, wobei amerikanische Sorten oft doppelt bis dreifach so hoch bewertet wurden wie die wenigen deutschen Erzeugnisse. Das wiederum verleitete die jungen amerikanischen Soldaten dazu, ihre üppig vorhandenen Zigarettenvorräte den naiven deutschen Mädchen gegen Sex einzutauschen. In den relativ überschaubaren

Dörfern der Wetterau hielt sich das noch einigermaßen in Grenzen, in den Städten uferte das zuweilen in eine Art Hobbyprostitution aus. Und erbrachte viele uneheliche Kinder, oft auch farbige.

Häufig wurden ärztliche Leistungen mit Naturalien bezahlt, oftmals auch mit Zigaretten, aber auch sehr gerne mit dem restlichen Geld des familiären Reichsmarkkontos, da sowieso zu erwarten war, dass dessen Kaufwert weiter sank. Peter war das vorerst gleichgültig. Solange er einige Unterstützung im Pfarrhaus Scriba leisten und den Lebensunterhalt für die drei Generationen Bellersheim sicherstellen konnte, war er zufrieden. Für sich brauchte er wenig, zumal er einer der wenigen Nichtraucher seiner Generation war.

Trotzdem nahm er im Frühjahr 1948 zufrieden zur Kenntnis, dass eine Währungsreform angekündigt wurde. Die Reichsmark sollte komplett verschwinden, Konten und natürlich auch Bargeld nach einem festen Umrechnungsschlüssel von „Deutscher Reichsmark" zur neu entstehenden „Deutschen Mark" umgewechselt und die Rentenansprüche sogar 1:1 in die neue Währung überführt werden. Naturalien als Zahlungsmittel sollten verboten werden.

Anfang Mai kamen dann, noch vor der tatsächlichen Währungsreform, allerlei Gerüchte, die Siegermächte hätten nun doch alle vier eine Reihe von Vereinbarungen getroffen, die auch auf eine Rückkehr der derzeit leider immer noch zahllosen sowjetischen Kriegsgefangenen Hoffnungen erweckten. Tatsächlich hatten die alliierten Außenminister bereits im April 1947 auf der Moskauer Konferenz beschlossen, alle deutschen Kriegsgefangenen bis Ende 1948 zu entlassen. Die Sowjetunion unterlief das aber anschließend durch die Aburteilung zahlreicher in Lagern der Sowjetunion gehaltener entlassbarer Kriegsgefangener als angebliche Kriegsverbrecher zu langjährigen Haftstrafen, so dass die letzten Gefangenen erst 1955 nach Adenauers Moskaureise mit der „Heimkehr der Zehntausend" nach Deutschland zurückkehrten.

Um die sowjetischen Soldaten in Mitteldeutschland zu entlasten, wurden jedoch die in Deutschland in Lagern gehaltenen Gefangenen im Laufe des Sommers 1948 tatsächlich nach Hause geschickt. Martin Bellersheim war wohl mit einer der letzten, die die Heimreise antreten durften, mehr als sechs Stunden stehend in einem Eisenbahn-Frachtwagon, der ihn mit vielen Weiteren bis nach Gießen transportierte. Dort brachte er eine Nacht in einem Auffanglager des Roten Kreuzes zu, aus dem er sich am nächsten Morgen dann zu Hause telefonisch melden konnte. Peter erledigte diesen Praxismorgen dann natürlich allein mit der erfahrenen

Krankenschwester, die täglich, zeitweise mit Martins Frau gemeinsam, als Sprechstundenhilfe wirkte. Der alte Arzt und seine aufgeregte Schwiegertochter machten sich sofort auf den Weg nach Gießen. Die gesundheitlich angeschlagene Oma betreute derweil die Enkelkinder und versuchte sie auf ihren Vater vorzubereiten. Die Buben verstanden durchaus, dass dies eine schwierige Situation werden würde, die kleine Dreijährige fand es einfach spannend, dass da jetzt etwas Aufregendes geschehen würde.

Wenn der junge Arzt nicht selbst auf den ihm wohlbekannten Wagen seiner Familie zugekommen wäre, Frau und Vater hätten ihn wohl nur schwer gefunden. Wie versteinert, hager, ja ausgezehrt und mit grauen Schläfen stand der einst schwarzhaarige kleine Mann plötzlich am Auto und schaute seiner Frau, die gerade ausgestiegen war, mit einem fast leeren Blick in die Augen. Sie wollte sich nichts anmerken lassen und schaffte es, ruhig auf ihn zuzugehen und ihn fest in die Arme zu schließen. Plötzlich entspannte sich seine bisher starre Haltung, er legte nun auch seine Arme um sie, versuchte einen vorsichtigen Kuss und fing plötzlich an zu weinen wie ein Kind. Mein Gott, dachte der alte Arzt, das wird dauern, bis der angekommen ist. Er hielt sich zurück, bis Martin um den Wagen herum kam, stieg dann aus und umarmte seinen Sohn ebenfalls. Wortlos kroch er dann auf die hintere Sitzbank, Martin setzte sich auf den Beifahrersitz und seine Frau kutschierte das schwere Fahrzeug vorsichtig durch die Menge der Menschen, die sich versammelt hatten ihre Heimkehrer abzuholen.

Als der Wagen vor dem großen Arzthaus in Reichelsheim zum Stehen kam, und Martin über seinem schönen Messingschild das notdürftige Namensschild Makowskis stecken sah, fing er plötzlich an zu sprechen. „Ach, Vater, du hast einen Vertreter in der Praxis. Brauchst du mich dann überhaupt noch?" „Es ist höchste Zeit, dass du kommst, Peter Makowski wird Lohfinks Nachfolger, und der möchte gerne so bald wie möglich aufhören." Die Drei gingen nun ins Haus. Martins Mutter nahm ihren Sohn weinend vor Glück in die Arme, völlig unbeeindruckt von seinem Aussehen und seiner merklichen Zurückhaltung. Der Eisbrecher wurde aber die kleine Christine. Als ob sie alltäglich mit ihm zusammen gewesen wäre, rannte sie strahlend auf Martin zu, legte ihm ihre Ärmchen um die dünnen Beine und jubelte: „Papa!" Die Buben waren zuerst reichlich verlegen, wurden aber durch die Begeisterung ihrer kleinen Schwester erheblich entspannter und begrüßten nun artig ihren heimgekehrten Vater. Die Begrüßung durch Peter war freundlich aber kurz, denn der war froh, das Auto wieder zur Verfügung zu haben und noch dringende Hausbesuche zu erledigen.

Martin war besser zu Hause angekommen, als er, seine Frau und seine Eltern befürchtet hatten. Über das folgende Wochenende dauerte es aber schon, bis es ihm gelang, ausführlicher über die letzten Kriegswochen und die Zeit der Gefangenschaft zu berichten. Seine Frau Mechthild war mit ihrer besonnenen und geduldigen Art, abwartend mit ihm umzugehen, die stärkste Stütze bei seiner Wiedereingliederung in ein Leben, das er einst so geliebt hatte, und das ihm so grausam fremd geworden war. Lohfink, der natürlich Martins Rückkehr wahrgenommen hatte und nun gerne in nächster Zukunft seine Praxis übergeben hätte, trug auf seine Weise dazu bei. Als er meinte, nun sei Zeit genug vergangen und Martin müsse sich nun auch wieder beruflich ans Werk machen, lud er die beiden jüngeren Ärzte zum Gespräch. Da Martins Frau sehr häufig in der Praxis mitarbeitete, lud er sie dazu.

Für Martin Bellersheim wurde dieses Gespräch der Anstoß dafür, sich endgültig aus der ständigen quälenden Beschäftigung mit der Vergangenheit zu lösen und sich der Zukunft zuzuwenden. Es wurde ein Termin zur Übergabe der Praxis festgesetzt, ein gemeinsames Schreiben an die Gesundheitsbehörden in den Kreisstädten Friedberg und Büdingen verfasst und dann mit einem guten Wein auf den Neubeginn angestoßen. Martin fand in der folgenden Nacht auch wieder endgültig zu seiner Frau zurück.

Nun hieß es auch für Martin und Peter, den Übergang zu besprechen. Vorher hatte sich Peter bewusst völlig zurück gehalten. Da beide erfahren hatten, dass sie wie die beiden alten Ärzte Wingolfiten waren, hatten die Gespräche durch das brüderliche „du" schnell eine gewisse Vertrautheit, und in den letzten Wochen bis zum festgesetzten Datum 2. Januar 1949 arbeiteten sie nun gemeinsam in der Praxis Bellersheim.

Die amerikanische Gesundheitsbehörde im militärischen Oberkommando in Frankfurt bereitete sich inzwischen sorgfältig darauf vor, die Verantwortung für das neu entstehende Gesundheitswesen in die alten deutschen Selbstverwaltungen zurück zu führen. Die Ärzte sollten befragt werden und möglicherweise Verbesserungen der Organisationsstrukturen vorschlagen können. Werner Schröder war in Frankfurt als Organisator der Ärztetreffen bekannt. Ein solches Treffen wollte einer der verantwortlichen amerikanischen Oberstabsärzte nutzen, deshalb fragte die Verwaltung an, wann wohl das nächste geplant sei. Schnell war der Besuch eines Arztes zum 6.11.1948 vereinbart, um Dolmetscher brauche man sich nicht bemühen, dafür werde seitens der Gesundheitsbehörde natürlich gesorgt.

Obwohl es schon Ende Oktober kräftig geschneit hatte und die Straßen noch recht matschig waren, fuhr der Jeep der Gesundheitsbehörde mit einem großen roten Kreuz auf der Motorhaube pünktlich vor Wolfs Gastwirtschaft vor, in der das Treffen stattfand. Zur Beifahrerseite stieg ein drahtiger Mann in Ausgehuniform aus, vom Fahrersitz schwang sich ein riesiger rothaariger Soldat, ebenfalls ganz elegant uniformiert, und trug dem Arzt eine schwere Tasche hinterher. Als die Beiden vom Wirt in das Hinterzimmer geführt wurden, sprang Peter auf, eilte auf sie zu und streckte dem Arzt, seinem früheren Chef Jonny Bachmeyer, beide Arme entgegen. Der stutzte nur kurz und umarmte ihn dann herzlich. Der lange Thornton, immer noch Jonnys Bursche, reichte Peter die Hand und drückte sie so lange und fest, dass der das Gesicht verzog.

In einem kurzen Vortrag stellte Bachmeyer anschließend die Vorschläge seiner Behörde vor und sammelte dann zusammen, was die Wetterauer Ärzte an Wünschen vorzutragen hatten. Sichtlich war nach den teilweise bösen Erfahrungen aus dem „Dritten Reich" für alle das Wichtigste, dass die Kassenärztliche Vereinigung ganz offiziell eine Körperschaft öffentliche Rechts werden solle, und dass damit eine Art Dreieck aus Krankenkassen, Vertragsärzten und Landesregierung geschaffen werde.

Nach dem offiziellen Teil der Veranstaltung hatten sich die Männer eine Menge zu berichten. Auch für Peters Kollegen wurde das schließlich ein interessanter und durch Bachmeyers humorvolle Art auch kurzweiliger Nachmittag.

Freud und Leid

Das Dasein als gemeinsame Eltern war für Lotte und Helmut Hinkel ebenso ungewohnt wie beglückend. Helmut sorgte dafür, dass er möglichst pünktlich nachmittags nach Hause kam. So erlebte er Gedeihen und Heranwachsen des kleinen Alexander in allen Einzelheiten und, wie er meinte, viel intensiver, als er die Kleinkinderzeit seiner drei Großen als Bauer erlebt hatte. Obwohl er doch zu jener Zeit seinen Arbeitsplatz zu Hause hatte. Beruflich gab es für Lotte recht bald wieder mehr zu tun. Die Rückkehr einiger Kriegsteilnehmer hatte, nicht ganz unerwartet, eine regelrechte Schwangerschaftswelle ausgelöst. Ungeachtet der Nachkriegsnöte setzten die jungen Leute auf eine bessere Zukunft.

Für die Betreuung des kleinen Sohnes fand sich mit Helga, der jungen Flüchtlingswitwe, die kurz nach dem Kriegsende mit ihrem kleinen Sohn Lukas in die Aushaltzimmer über Karls ehemaliger Werkstatt einquartiert worden war, eine perfekte Lösung. Helmut hatte inzwischen dafür gesorgt, dass in den Werkstattanbau Wände eingezogen und eine Haustür, ein eigenes kleines Treppenhaus sowie eine Küche und eine Innenhaustoilette eingebaut wurden. Die Türen aus dem Haupthaus hinüber wurden zugemauert und im hinteren Teil des dortigen großen Treppenflurs ebenfalls eine Toilette eingefügt. Opa Karl, der trotz seiner fast fünfundachzig Lebensjahre noch bei erstaunlich guter Gesundheit war, hatte den Umbau überwacht, das Ergebnis sorgsam begutachtet und dafür seinem Schwiegersohn ein hohes Lob ausgesprochen.

Helmut musste sich im Schwelkraftwerk in Wölfersheim zusammen mit seinen Mitgeschäftsführern damit auseinandersetzen, dass allmählich keine Möglichkeit mehr bestand, die Schwelprodukte zu verkaufen. Der Großteil dieser Produkte aus dem Werk, Schwelteer, Benzol, Mittel- und Leichtöl waren bis zum Kriegsende per Eisenbahn-Kesselwagen zur Weiterverarbeitung an die mitteldeutsche Petrochemie-Industrie, insbesondere an die Leunawerke geliefert worden. Mit der beginnenden Teilung nach dem Zweiten Weltkrieg fiel Leuna als der wichtigste Abnehmer weg, so dass sich der Weiterbetrieb des Schwelkraftwerkes kaum mehr lohnte. Deshalb wurde dessen Stilllegung vorbereitet. Das Kraftwerk hingegen hätte gerne mehr Leistung haben dürfen.

Neben dieser Umstellung, die auch Arbeitskräfte kosten würde, belastete Helmut zudem der Entschluss des Aufsichtsrates, schnellstens die bisher arbeitenden Dampfloks der Schmalspurbahn gegen Elektro- und

Dieselloks auszutauschen. Eine der beiden Strecken bekam dazu eine elektrische Oberleitung. Alles dies war Helmuts Zuständigkeitsbereich. Immer einmal wieder beklagte er einen Druck in der Brust. Lotte hatte ihn damit sofort zu Lohfink geschickt. Der diagnostizierte Rhythmusstörungen des Herzens und verordnete helfende Medikamente. Alex und der etwa zwei Jahre ältere Lukas aus dem Werkstatthaus rannten den halben Tag in Hof und Garten herum und entwickelten sich zu zwei munteren drahtigen kleinen Burschen.

Die Währungsreform mit Stichtag 20. Juni 1948 war für die ganze große Familie Hinkel ganz gut zu verkraften. Am ersten Tag gab es zwar pro Person nur zwanzig Deutsche Mark „Kopfgeld", gegen noch vorhandenes Reichsmark-Bargeld aber doch in den Tagen später weiteres Bares, natürlich erheblich abgewertet. Helmut freute sich, dass er keine großen Ersparnisse geschaffen, sondern alles verfügbare Geld in den Um- und Ausbau des Hauses gesteckt hatte sowie in die Anschaffung eines Autos. Er hatte einen fabrikneuen Adler 2,5 Liter gefunden, den ein pfiffiger Händler aus Nidda sechs Jahre lang dem Zugriff des Militärs entzogen hatte. Auch die Familien seiner großen Kinder hatten ähnlich klug gewirtschaftet, also musste er sich keine Gedanken machen.

Zehn Tage nach der Währungsreform wurde er Rentner. Man hatte ihm und den beiden anderen Geschäftsführern schon ab April ihre Nachfolger zur Einarbeitung beigegeben, so fiel ihm der Abschied nicht schwer. Lohfink hatte mit ihm vereinbart, er solle bald nach dem Beginn seines Rentnerdaseins für ein paar Tage nach Bad Nauheim ins Krankenhaus einrücken, um sein Herz noch einmal gründlich untersuchen und sich medikamentös noch besser einstellen zu lassen, was für Lotte eine große Beruhigung bedeutete. Am Donnerstag, dem 2. September brachte sie ihn in die Klinik. Zum 4. September wurde im Nachbarort eine Geburt erwartet. Als das Telefon nachmittags läutete, vermutete Lotte, es gehe los. Aber es war der Arzt, in dessen Obhut sie ihren Mann übergeben hatte, der ihr mitteilen musste, dass dieser vor wenigen Minuten einem schweren Herzinfarkt erlegen sei.

Helmut und Lotte hatten oft darüber gesprochen, dass angesichts ihres Altersunterschiedes und seiner angeschlagenen Gesundheit zu befürchten sei, Lotte bleibe eines Tages mit ihrem Sohn alleine. „Das liegt allein in Gottes Hand", hatte Helmut dann immer gesagt, „und es ist gut, dass wir nicht zu entscheiden haben, wann der Tag kommt." Mit großer Sorgfalt hatte er für diesen Fall Vorsorge getroffen. Lotte war von Anfang an Alleineigentümerin des Hauses geworden, als Karl es den

Beiden überschreiben wollte. Ihr Bruder Johann war es so zufrieden gewesen und hatte keine Ansprüche gestellt, er hatte eine wohlhabende Hoferbin in Nieder-Florstadt geheiratet und war selbst ein tüchtiger Landwirt geworden. Für Hans war gesorgt, er hatte den Hinkelschen Hof fachmännisch übernommen und die bitteren Jahre an der Front gesund überlebt. Und auch Helmuts beide große Töchter lebten in wirtschaftlich sicheren Verhältnissen. So hatte er auch das wenige flüssige Geld stets auf einem Konto gehalten, das Lotte alleine gehörte. Seine Begründung war: „Nach meinem Tod soll niemand die ‚Wetterauer Frage' stellen: ‚Redet ihr noch miteinander, oder habt ihr schon geteilt?'"

Solche praktische Quälereien blieben Lotte also erspart. So konnte sie sich gleich intensiv mit der Bewältigung ihres Abschiedsschmerzes beschäftigen. Pfarrer Ring war, da er im gleichen Jahr wie Helmut geboren war, unmittelbar vor dem Ruhestand. Helmuts Beerdigung wurde dann auch seine letzte. Er half Lotte mit geduldigem Zuhören über die ersten schweren Tage. Eine große Stütze war in diesen Tagen Helga, die ihr inzwischen eine treue Freundin geworden war. Lotte hatte schon 1946 bemerkt, dass diese junge Frau in jeder Hinsicht praktisch dachte und handelte. So hatten sie und Helmut Helga angeboten, mit ihr ein richtiges Beschäftigungsverhältnis als Dienstmädchen, Kinderfrau und Bürokraft einzugehen, dies erwies sich nun als großer Segen. Zur Beerdigung war neben der großen Verwandtschaft aus jedem Haus des Dorfes mindestens eine Person zugegen, zudem die ganze Belegschaft des Kraftwerks, bis auf den Notdienst, der im Werk arbeiten musste.

Ludwig Böcher war noch im Werk tätig, er war der um wenige Wochen jüngste der drei Geschäftsführer. Da Helmut noch nicht alles aus seinem Büro ausgeräumt hatte, brachte er einige Tage nach der Beerdigung Lotte den ganzen Rest. Es waren vor allem die Bilder seiner beiden Frauen vom Schreibtisch, seine Lesebrille und ein kleiner Stapel maschinengeschriebener Blätter, die Helmut wohl selbst in einem vergilbten Aktendeckel zusammengepackt hatte.

Vorbereitungen zum Wechsel

Martin Bellersheim hatte sich doch schneller wieder in seinem alten Leben zurechtgefunden, als er selbst und seine Angehörigen das befürchtet hatten. So konnte er schon Anfang Dezember Peter den Vorschlag machen, eine Art fließenden Übergang in die Praxis Lohfinks zu organisieren, also schon einige Wochen mit diesem zusammen zu arbeiten. Lohfink freute sich über dieses Angebot, damit konnte er hoffen, zu Anfang des kommenden Jahres recht bald wirklich in den Ruhestand zu kommen. Peter hatte sich bereits einige Wochen zuvor ein eigenes Auto zugelegt, wenn auch das Hanomag-„Komissbrot", das er bei einem Händler in Friedberg gefunden hatte, diese Bezeichnung kaum verdiente. Es war aber zuverlässig und ermöglichte ihm für die nächsten Wochen oder Monate die tägliche Fahrt von Reichelsheim in seine neue Praxis sowie auch seine Hausbesuche. Sein Plan war, sich vor Ort eine eigene Wohnung zu suchen, er wusste aber, wie vollbesetzt die Häuser waren, und dass er Geduld werde haben müssen.

Lohfink hatte sich zusammen mit seiner Frau einen Plan zurechtgelegt, wie er Peter schnell in seine Praxis einfügen könne. Kurzfristig organisierten beide eine kleine Nikolausfeier aller jener Personen, mit denen Peter zusammen arbeiten würde. Seit der

Währungsreform konnte man ja urplötzlich wieder alles kaufen, so war die Vorbereitung ein Kinderspiel. Es trafen dann am Nikolaustag, es war ein Montag, nach Praxisschluss das Ehepaar Lohfink, der neue Arzt, die beiden Helferinnen mit ihren Ehemännern, eine davon mit zwei kleinen Kindern, der junge Apotheker aus Echzell mit Frau und Kind und natürlich die Dorfhebamme Charlotte Hinkel mit ihrem Kleinen im großen Wohn- und Esszimmer Lohfinks zusammen, um gemeinsam ein Abendessen zu genießen und sich miteinander etwas vertraut zu machen. Das war nicht nur ein schöner Einstieg für Peter, auch die anderen Teilnehmer hatten an dieser Gemeinsamkeit ihre Freude. Und Lotte, die zwar seit dem Tod ihres Mannes längst wieder zur Normalität ihrer Arbeit zurückgekehrt war, hatte nun aber erstmals Gelegenheit, außerhalb ihrer großen Familie etwas Schönes zu erleben.

Peter hatte sich vorgenommen, jedem der Teilnehmer dieses kleinen Festes einige Zeit zu widmen. Die ersten Gesprächspartner wurden die Apotheker, auch die Frau hatte bis in den Krieg hinein Pharmazie studiert und 1941 ihr Examen bestanden. In einer Fronturlaubswoche hatten die Beiden geheiratet und das Glück gehabt, dass er aus französischer Kriegsgefangenschaft recht früh wieder entlassen worden war. Peter hatte schnell erfasst, dass die Versorgung der Praxis und der

Patienten durch diese Apotheke wunderbar klappte. Und liebe Eltern waren die Beiden auch.

Die nächsten Gesprächspartner waren die beiden Helferinnen. Die ältere, Doris Klee, war ein Kind des Dorfes, hatte ungewöhnlicher Weise eine richtige Schwesternausbildung im Bad Nauheimer Krankenhaus genossen und ihren Ehemann aus der dortigen Verwaltung in ihr Elternhaus mitgebracht. Er hatte bereits in den ersten Kriegswochen eine schwere Verwundung erlitten und war wehrunfähig geworden, wofür beide und ihre Töchter samt Familien sehr dankbar waren. Halbtags saß Horst Klee im Gemeindebüro, war auch Standesbeamter und sichtlich ein zufriedener Mensch. Die zweite Helferin, Erika Weiß, war noch recht jung und von ihrer Kollegin angelernt worden, „zur perfekten Mitarbeiterin", wie Lohfink sie beschrieben hatte. Sie hatte einen unverkennbar ostpreußischen Akzent, ihr Mann aber war ein echter Wetterauer. Er betrieb mit seinem Vater zusammen eine kleine aber feine Schlosserei. Sie waren stolz auf ihre Zwillinge, die während der Praxiszeit perfekt von ihrer Oma betreut wurden. „Wenn sie ein Problem mit ihrem Auto haben, kommen sie am besten zu uns, wir fangen gerade an, uns auch auf Fahrzeugtechnik zu spezialisieren. Motorräder bearbeiten wir schon seit

Kriegsende." Diese beiden Frauen wirkten verlässlich und gut verankert, Peter wurde es wohl ums Herz.

Er nahm nun seinen Stuhl und setzte sich an die Tischecke zwischen Lohfinks Ehefrau und die Hebamme Hinkel. Schon seit Beginn der kleinen Feier hatte er sich gewundert, wie wenig diese Frau in ihrem Aussehen mit ihrer wie Kupfer schimmernden Haut und ihren ungewöhnlich dunklen Augen zu dem ihm in den letzten Jahren vertraut gewordenen Typ Wetterauer Frauen passte, doch zeigte ihre mundartlich gefärbte Sprache, dass sie eindeutig eine Einheimische war. Er hatte von Lohfink erfahren, dass sie jung verwitwet war, und wollte versuchen, das Thema ihrer Familie zu vermeiden. So befragte er sie zuerst nach Geburtenzahlen, Risikoanteilen und ähnlichen fachlichen Dingen, die beide würden bewältigen müssen. Ihre Auskünfte waren klar und zum Teil gar mit kleinen Anekdoten geschmückt. Unvermittelt fragte sie ihn, wie er hier her gekommen sei, weil doch sein Akzent eher ins Schlesische weise. Er kam ins Erzählen und beschrieb seine Nachkriegserlebnisse und sogar den Tod seiner Familie in Halle. Darüber war er selbst erstaunt, denn er war sonst, was ihn persönlich betraf, eher extrem zurückhaltend.

Die junge Zwillingsmutter hatte sich fast die ganze Zeit über mit den vier Kindern beschäftigt, für die Luise Lohfink in weiser Voraussicht allerlei Spielzeug in einer Ecke bereitgehalten hatte. Nun klopfte es plötzlich an der Stubentür. Auf ein „Herein!" des Hausherrn öffnete sie sich, und herein stapfte ein Nikolaus mit einem kunstvollen Wattebart, der den Kindern eine kleine Geschichte vorlas und aus einem mitgebrachten Sack einige Süßigkeiten schenkte. Das war unstreitig der Höhepunkt der kleinen Feier. Als der Nikolaus wieder gegangen war, flüsterte Lotte zu Peter gewandt: „Das war mein kleiner Bruder aus dem Nachbardorf. Habe ich nicht gewusst, dass Lohfinks den besorgt hatten."

Erinnerungen

Als Lotte mit ihrem kleinen Alex zu ihrem Haus zurückkam, stand dort neben ihrem Auto das Beiwagenmotorrad ihres Bruders unter dem Schutzdach, welches Helmut für seinen „Autobahnadler" hatte bauen lassen. Licht war aber nur in Helgas Wohnung, und aus dieser erschallte das helle Lachen des kleinen Lukas. Lotte ging also mit Alex zuerst einmal zu Helga hinüber. Dort fand sie ihren Bruder Rolf auf dem Küchenboden liegend und auf ihm den munteren Lukas, der ihn sofort los ließ und ihr aufgeregt berichtete, der Nikolaus sei bei ihm gewesen. Und dem Rolf sei er auch begegnet. Lotte kannte ihren Bruder kaum wieder. Der sonst so akkurate Textilverkäufer war ganz erhitzt von der Toberei mit dem Jungen.

Später in ihrer Wohnung fragte er sie dann, ob er vielleicht über die Weihnachtstage bei ihr bleiben könne, seine Mutter habe mit den Familien seiner Halbgeschwister genügend Unruhe im Haus, „Und für unseren Vater wird es auch so aufregend genug." Lotte fragte ihn ganz direkt: „Mit den Kindern deiner Geschwister hast du deine Probleme, stimmt´s?" „Na ja, das ist schon manchmal nicht ganz einfach, wir sind ja fast gleich alt." Lotte musste lachen: „Also ist deine Halbschwester väterlicherseits mit ihrem Zwerg etwas leichter zu ertragen." Und insgeheim dachte sie nach den Erlebnissen drüben bei Helga, vielleicht spiele auch deren Anwesenheit an Weihnachten eine wesentliche Rolle. Die Blicke der beiden waren ihr nicht entgangen.

Als Rolf dann gefahren war, fühlte sie sich so aufgekratzt, dass sie an Schlafen nicht denken wollte. Heute wollte sie sich endlich dazu durchringen, die Mappe mit Helmuts Schreibmaschinen-Aufzeichnungen aus der Brandkiste zu holen und durchzuschauen. Sie legte noch einige Scheiter Holz in ihren Kachelofen, schlug sich eine Decke um die Beine und begann auf ihrem Sofa unter der Stehlampe zu lesen:

„Nun bin ich in meinem Büro oder zumindest im Werk eingesperrt wie ein Verbrecher. Immerhin behandeln uns die Amerikaner höflicher und versorgen uns gut, ganz anders als vor ein paar Wochen mich die Gestapo-Wachen in Friedberg. Meiner lieben Frau Lotte möchte ich alles Wichtige aufschreiben, was ich mit ihr habe erleben dürfen, als Liebeserklärung und Lesebögen für einsame Stunden, wenn es mich nicht mehr gibt. Ich habe das unglaubliche Privileg, das ich zweimal mit ganz außergewöhnlichen Frauen leben durfte.

Erna war schon in unseren Kindertagen eine gute Freundin. Wir sind unser ganzes gemeinsames Leben lang um Ebenbürtigkeit bemüht gewesen. Sie war außergewöhnlich schön, klug und fleißig, ihr Selbstbewusstsein war durch ihre

Kenntnisse gestützt. Sie war so besonnen wie Euer Vater und voller Zärtlichkeit. Unsere Kinder sind ein großer Reichtum, ihr Unfalltod war für uns alle unfassbar.

Ich war mit diesem Ereignis noch im inneren Verarbeitungsprozeß, da hatte ich mich rettungslos in Dich, ihre sechzehnjährige nachgeborene Schwester, verliebt. Zuerst nahm ich das gar nicht wahr, ich wurde aber zunehmend unerträglich, auch für mich selbst. Unbewußt wehrte ich mich mit aller Kraft gegen meine Gefühle. Es gab so viel einzuwenden. Ein schlechtes Gewissen gegenüber Erna hatte ich zudem. Doch angestoßen durch meinen Freund Ludwig mußte ich mir eingestehen, dass ich Dir, dem „Vollblutweib", wie er Dich nannte, nicht würde ausweichen können. Du warst aber schneller, hast mich durchschaut mit deinem liebenden Herzen und mich aus meinem selbstgeschaffenen Gefängnis befreit. Du bist völlig anders als Deine Schwester, in einer fast gegenteiligen Weise schön, zwar ebenso klug und fleißig, aber wild und leidenschaftlich wie Eure Mutter.

Als wir an Deinem 18. Geburtstag endlich, nach Deiner Hebammenprüfung und endgültiger Heimkehr, geheiratet haben, hatten wir schon fast elf Monate wie Verheiratete gelebt. Das Gerede der Leute war uns gleichgültig, legte sich auch bald wieder. Langsam wurde bei Dir die Enttäuschung immer größer, daß Du offenbar keine Kinder bekommen kannst. Aber Du bist stark genug gewesen, das schließlich zu akzeptieren und unser Leben so zu genießen, wie es nun einmal war und ist.

Anfang 1926 griff mein Freund Ludwig erneut in unser Leben ein. Ich hatte ihm erzählt, dass ich gerne den Hof meinem fertig ausgebildeten tüchtigen Sohn früh überschreiben und etwas Anderes beruflich beginnen wolle, ähnlich wie mein Vater mit mir verfahren war. Wir wollten aber nicht, wie damals meine Eltern, auf dem Hof bleiben. Hans hatte sich schon mit der gleichaltrigen Toni aus Geiß-Nidda verlobt, die er bei seiner Arbeit auf der Domäne kennen gelernt hatte. Ludwig meinte dazu, mein Änderungswunsch sei wie ein Geschenk des Himmels. Das Kraftwerk suche einen Leiter für die Gewinnungs-, Förder- und Mischtechnik der Braunkohle, der ihm diesen Teil der technischen Leitung abnehmen könne. Du warst so glücklich, als wir zum Anfang April den Hof übergeben hatten und in Dein Elternhaus umziehen konnten.

Am Ostermontag, dem 5. April 1926, haben Hans und Toni geheiratet und sind dann bei meinen Eltern eingezogen. Meine Mutter hat auch diese junge Frau noch in die Besonderheiten unseres Hofes eingeführt. Daß dann mein Vater so schnell gestorben ist, war sicherlich seinem kranken Bein geschuldet. Mutter aber blieb aufrecht und bis zu ihrem achtzigsten Lebensjahr für Toni immer noch eine große Stütze, besonders während der drei Schwangerschaften, Ihre Pflege in ihren letzten drei Lebensmonaten habt Ihr Frauen alle - die Zwillinge, Esther, Elfriede, Toni und Du - Euch in beispielhafter Weise aufgeteilt. Mutter ist zufrieden gestorben.

Weniger zufrieden war ich zuvor mit der Eile meiner Tochter Elfriede, die doch sehr früh ihre kleine Gertrud zur Welt brachte. Du hast mir dann lächelnd den Wind aus den Segeln genommen: „Denk´ bitte dran, das hätte uns auch passieren können, dass ich mit noch siebzehn Mutter geworden wäre." Recht hattest Du, und ich gab gerne meine Zustimmung, daß Elfriede noch durchaus rechtzeitig ihren Heinrich geheiratet hat. Sie ist halt auch eine Wilde wie Du und Eure Mutter, wenn sie auch äußerlich ihrer Mutter sehr ähnlich ist mit ihren lackschwarzen Haaren und stahlblauen Augen. In Gettenau ist sie eine tüchtige Bauersfrau geworden und hat ihrem Heinrich den Hof perfekt durch den Krieg gebracht. Nach ihrer Gertrud hat es dann sieben lange Jahre gedauert, bis ihnen noch das Heinerchen geschenkt wurde, das sich nun allmählich zu einem richtigen Schlaukopf entwickelt. Und Heinrich ist schon wieder aus französischer Gefangenschaft zu Hause, welch ein Geschenk.

Esther war immer ein wenig der Sonderfall der Familie. Schon in der Mittelschule war sie, wie einst Erna, die Klassenbeste. Auch die Besonnenheit ihrer Mutter hat sie geerbt, äußerlich sieht sie schon immer aus wie eine Jugendausgabe meiner Mutter, blond und mit blaugrünen Augen. Aus Eurer Familie kommt wohl ihre Musikalität. Unser Grundschullehrer Deiß hat das erkannt, wie auch bei Dir, und Euch beide an der schönen alten Kirchenorgel unterrichtet. Dir fehlte es wohl etwas am Übungsfleiß und der Geduld mit Dir selbst, Esther jedoch lernte gern und schnell. Direkt nach dem ersten Krieg hatte Erna dann vertretungsweise eine Geburt in der reichen Müllersfamilie in Echzell zu betreuen, in deren Haus ein unbenutztes Harmonium herumstand. Wir konnten es kaufen, und Esthers Spiel wurde immer besser, sie kann heute problemlos vom Blatt spielen, aber auch wunderbar improvisieren. Nach der Mittelschule hat sie im Aufbaugymnasium sogar das Abitur geschafft, nur zwei weitere Mädchen waren in ihrer Klasse, sonst nur Buben. Nach dem Abitur ging sie bewußt im Pfarrhaus in Ranstadt als Hauswirtschafterin in Stellung, die Frau des Pfarrers war kränklich, brachte ihr aber sehr viel bei, was sie im Bauernhof nie gelernt hatte. Heute wissen wir, sie hat das für ihren Johannes getan, der mit seiner Ausbildung zum Pfarrer fast fertig und ihr als Vikar in Nidda öfter begegnet war, wenn sie dort als Organistin ausgeholfen hatte. Jetzt ist er Pfarrer in Friedberg, ihre Hochzeit haben sie dort gefeiert und auch ihre beiden Kinder sind dort geboren. Du warst natürlich die Hebamme, so vertraut, wie Ihr einander seid."

Fast wäre Lotte auf ihrem Sofa eingeschlafen. Schnell also legte sie die Blätter wieder in den Ordner, um sie dann vielleicht am nächsten Abend zu Ende zu lesen. In einer Weise entspannt und fast fröhlich, wie sie es in den letzten Wochen nie gekonnt hatte, legte sie sich in ihr Bett und schlief zum erstem Mal seit Helmuts Tod ohne aufzuwachen durch bis zum nächsten Morgen.

Heftiger Dienstbeginn

Peters letzte Wochen bis zur endgültigen Übernahme der Lohfinkschen Praxis waren für ihn durch das Hin und Her zwischen beiden Praxen so abwechslungsreich, dass er ganz erstaunt war, als ihn Lohfink fragte, ob er den Weihnachtsnotdienst, für den dieser noch eingetragen war, zusätzlich übernehmen könne. Der alte Arzt merke nun, wie gut das sei, kaum noch Pflichten zu haben. Peter war ja ungebunden und sagte sofort zu. Lohfinks Dienst sollte am 26.12. um Null Uhr beginnen und drei mal 24 Stunden dauern. Anschließend war Peter selbst eingeteilt, so hatte er sechs Tage am Stück Bereitschaft, die Silvesternacht eingeschlossen. Das gefiel ihm so ganz gut.

Um erreichbar zu sein, musste er in dieser Zeit in der Praxis bleiben. Lohfinks hatten ihm ein solides Feldbett in den Warteraum gestellt und angeboten, ihn über diese Tage zu verköstigen. Am Heiligen Abend und am ersten Feiertag hatten schon die beiden Damen im Pfarrhaus Scriba dafür gesorgt, dass ihm nichts fehlte. Er kam sich überall vor wie ein verwöhnter Gast.

Der Dienst aber sollte kein Spaziergang werden. Es war seit Tagen knochenkalt. Die wie in jedem Jahr überschwemmten Wiesen des Wetterauer Rieds hatten eine kräftige Eisschicht gebildet und verlockten die

Jugendlichen, sich mit ihren Schlittschuhen darauf zu tummeln. Allen Warnungen der Erwachsenen zum Trotz wagten sich einige am 27. weiter hinaus, als eine solide Tragfähigkeit der Eisfläche zu erwarten war. Und natürlich geschah, was zu befürchten war, zwei junge Burschen von sechzehn Jahren brachen ein. Bis die freiwillige Feuerwehr des Ortes eine lange Holzleiter bis zur Einbruchstelle vorschieben und die jungen Männer nacheinander retten konnte, mussten sich diese mit ihren Oberkörpern auf die Eisfläche legen, um nicht vollends einzubrechen. Einer der Beiden hatte zwar etwas weichen Boden unter den Füßen, aber der trug nicht. Schnell wurden beide in die Praxis geschafft, wo Peter schon alles vorbereitet hatte, denkbaren Erfrierungsfolgen entgegen zu wirken. Es gelang ihm recht schnell mit der Unterstützung einer seiner Helferinnen, die Durchblutung der unterkühlten Gliedmaßen wieder herzustellen und die Beiden, nachdem sie beigebrachte Ersatzkleidung angezogen hatten, in die Obhut ihrer Eltern zu entlassen.

Nach zwei recht ruhigen Tagen wurde er dann von der Hebamme zu einer extrem schwierigen Geburt gerufen. Die erstgebärende Mutter war ein recht unscheinbares schmales Wesen, ihr Mann ein kräftiger großer Bursche. Sichtlich kam das Kind nach seinem Vater und war entsprechend groß und kräftig. Lotte Hinkel hatte nach kurzer Zeit festgestellt, hier sei ohne Dammschnitt nichts mehr zu machen. Peter hatte alles Notwendige in seinem kleinen Auto mitgebracht und wollte nun Anordnungen treffen, welche Vorbereitungen die Angehörigen, Mutter und Schwester der Gebärenden, zu erledigen hätten. Das war aber alles längst erledigt, die junge Frau gar auf zusammengefalteten Decken und einigen weißen Laken auf einem Tisch in der Kammer bequem und perfekt zugänglich gelagert und mit Hilfe einer starken Birne in der Deckenlampe auch ausreichend beleuchtet. Mit der flinken und gekonnten Assistenz der Hebamme gelang der Dammschnitt schnell, fehlerfrei und mit wenig Blutverlust. Das kleine Mädchen war gut bei Kräften und begrüßte die Welt mit lautem Gebrüll. Peter und Lotte schauten sich zufrieden und erleichtert das kleine Wesen an und sorgten dann für einen ordentlichen Übergang vom notdürftigen Operationstisch zum normalen Zustand. „Mit Ihnen wird der geburtshilfliche Teil meiner Arbeit tatsächlich ein Leichtes, da hat Lohfink nicht übertrieben." Lotte lächelte dankbar, packte ihre Tasche und setzte sich dann zu der jungen Mutter, um sie bei den ersten Hantierungen mit ihrem Kind zu unterstützen. Peter kehrte zurück in die Praxis und sann hinter diesem Ereignis her, besonders beeindruckt von der Arbeit, aber auch von der Persönlichkeit dieser erfahrenen Hebamme.

Der härteste Brocken wurde aber ein Ereignis am Silvesterabend kurz vor Mitternacht. Einige aufgeregte Männer aus dem Dorf läuteten Sturm. „Schnell, Herr Doktor! Beim Silvesterball in Wolfs Saal sind zwei eifersüchtige Männer aneinander geraten und zuerst mit den Fäusten aufeinander los. Dann zog der Eine ein Messer. Bis wir sie auseinander hatten, war der andere schon schwer verletzt." Die Gaststätte Wolf lag nur drei Häuser weiter. Peter drückte einem der Männer den Verbandkoffer in die Hand, griff seine Tasche und rannte mit ihnen los. Auf dem Tanzboden lag der Verletzte. Peter sah mehrere kleine Stichverletzungen, Sorge machte ihm eine stark blutende an der Hüfte. Auf diese drückte ein etwa Fünfundzwanzigjähriger elegant gekleideter Blondschopf äußerst fachmännisch ein zusammengerolltes feuchtes Handtuch. Dem Verletzten hatten sie die Kleider dazu geöffnet.

Am anderen Ende des Saales hatten zwei Polizisten dem vermutlichen Täter Handschellen angelegt und befragten sichtlich einige Zeugen. Von einigen Männern ließ Peter den verletzten Mann auf einen Tisch heben, während der Ersthelfer unverdrossen das Handtuch auf die Wunde presste. Schnell hatte der Arzt diese Wunde gereinigt und konnte sie nähen. Auch zwei der kleinen benötigten je eine Naht. Der junge Ersthelfer reichte ihm gekonnt alles Notwendige an und behielt trotz aller

Aufregung der Umstehenden fabelhaft die Nerven. Eine junge Frau, die offensichtlich seine Begleiterin war, räumte mit einigen anderen Frauen um den Ort des Geschehens auf und unterstützte so die Wirtsleute aufs Beste.

Inzwischen kam mit Tatütata der Krankenwagen aus Friedberg an. Die Mannschaft übernahm den gut versorgten Verletzten und brachte ihn in die Klinik. Eine junge Frau stieg zu und hielt ihm die Hand. „Nun hat der Idiot die Helma ganz an den Horst verloren. Und nur um die ging es bei dem Streit." Der Wirt schüttelte den Kopf und holte dann alle Helfer samt Arzt an die Theke. „Eine Runde guten Schnaps ist mir die Sache natürlich wert. Und...", er schaute auf seine Taschenuhr „...Prost Neujahr alle miteinander."

Peter stellte sich neben das hilfreiche Paar und reichte dem jungen Mann die Hand: „Prima gemacht. Haben sie Erfahrung?" Der lachte und antwortete: „Knapp fünf Jahre Front, davon vier Jahre Feldlazarett-Sanitäter. Da lernt man sowas. Wir kennen uns übrigens. Ich heiße Rolf Weber, ich war der Nikolaus." „Ach, der Bruder meiner tüchtigen Hebamme. Sie sind aber um Einiges jünger." „Na ja, ein bisschen schon, knapp 18 Jahre. Wir haben unterschiedliche Mütter, das sieht man auch. So, und jetzt werden wir wohl zahlen und verschwinden.

Helga, komm, es ist Zeit für kleine Kinder, ab ins Bett."
Der Wirt schmunzelte: „Das wird wohl das erste Mal.
Und ich gönne das beiden, das sind prächtige
Menschen."

Nach diesen drei Aktionen war Peter im Dorf völlig
angekommen.

Jahreswechsel

Auch für Lotte war der Rest der Adventszeit wie im Flug vergangen. Einige werdende Mütter waren froh, dass sie sich von ihr beraten lassen konnten, und zwei recht unkomplizierte Geburten in Nachbardörfern waren zu begleiten. Ihr kräftiges Auto erwies sich angesichts des recht kalten Winters als eine große Hilfe. Mit Helga zusammen bewältigte sie auch Haushalt, Kind und Schreibarbeiten ohne große Belastung. Obwohl ihr Helmut durchaus fehlte, fühlte sie sich nie einsam, zumal aus ihrer großen Verwandtschaft immer mal wieder der Eine oder die Andere vorbei schaute. Weil sie am Abend des dritten Adventssonntags alleine war und Alex schon fest schlief, holte sie wieder den Ordner mit Helmuts letzten Notizen hervor, um diese nun zu Ende zu lesen.

„Inzwischen ist unsere Gefangenschaft beendet. Ich habe sogar ein Auto bekommen, über das wir beide verfügen dürfen. Ein schönes Geschenk der amerikanischen Aufsicht. Aber das allergrößte Geschenk dieser Tage ist doch die Nachricht, daß wir nun doch noch Eltern werden dürfen. Ich weiß doch, da erfüllt sich für Dich Dein insgeheim sehnlichster Wunsch. Mit Deinen Kenntnissen wirst Du auch als ‚Spätgebärende' - mein Gott, was ein Wort - diese Herausforderung bestens meistern, stark wie Du bist. Ich bin dann auch ein sehr später Vater, aber Dein Vater hat uns gezeigt, welch ein Reichtum das sein kann.

Schön ist auch, daß mir unser Doktor jetzt ein Medikament verordnen konnte, was mich wieder auf ein längeres Leben hoffen läßt. -

Vor vier Tagen ist unser Sohn geboren. Schon am kleinen Wicht zeigt sich zu meiner großen Freude, dass er Vieles von Dir geerbt hat: die honigfarbene Haut, die tiefbraunen Augen und wohl auch die Wildheit. Zumindest kann er ganz schön randalieren, wenn er gestillt werden will. Und mit unserer Mieterin Helga in der alten Werkstatt wird auch die Arbeit gut zu leisten sein. Wir müssen jetzt sehen, daß wir ihr das Nebenhaus zu einer Wohnung umbauen lassen, in der sie gerne mit ihrem kleinen Lukas bleiben will. - Und Urgroßvater bin ich seit gestern, es ist nicht zu fassen."

In den Monaten danach hatte ihm wohl die Zeit gefehlt, noch ein paar Dinge aufzuschreiben, die ihn beschäftigt hatten. Und dann war doch eingetreten, was er befürchtet hatte: sie war allein mit seinem und ihrem kleinen Sohn zurückgeblieben. – Sie rief sich innerlich zur gerechten Sicht der Lage: Nein, sie war nicht allein. Sie hatte eine große Familie, einen großen Freundeskreis, einen Beruf, der sie unter Menschen brachte und nicht zuletzt ihre junge Freundin und Mitarbeiterin Helga. Vorwärts schauen war die Aufgabe. Sie hatte einmal gelesen: „Ein rollender Stein setzt kein Moos an!" Das sollte auch für sie gelten, das war sie Helmut schuldig.

Am Heiligen Abend kurz vor dem Gottesdienst kam Rolf mit seinem Motorrad angefahren. Trotz seiner wirklich dicken Kleidung und einer nur kurzen Fahrt war er ganz hübsch durchgefroren. Lotte wollte wissen, ob er zum Bahnhof in Reichelsheim und zurück immer mit der Beiwagenmaschine fahren müsse, dann käme er doch gar nicht warm zur Arbeit als Textilverkäufer im „Modehaus", wie sich heute hochtrabend die frühere Ausbildungsschneiderei nannte, in der Vater Karl einst gelernt hatte. Immerhin war die Kollektion auch recht abwechslungsreich und solide. Rolf lachte: „Nein, wir sind ja zu viert aus unserem Ort, die wir um etwa die gleiche Zeit in Friedberg sein müssen. Wir haben uns gemeinsam ein altes Auto gekauft und fahren ganz ohne Bahn täglich hin und her."

Er bot dann an, dass er über die Zeit des Gottesdienstes die beiden Buben in Helgas Wohnung betreuen wolle, damit die Frauen einmal zusammen zur Kirche gehen könnten. Dankbar nahmen die das an. Nach einer schönen Veranstaltung mit einem Krippenspiel der Konfirmanden, das der neue Pfarrer in nur drei Wochen mit ihnen eingeübt hatte, gab es dann unter einem hübsch geschmückten Tannenbaum in Lottes Wohnzimmer eine bescheidene Bescherung. Die Frauen hatten ein schmackhaftes Abendessen bereitet. Anschließend spielten der große und die beiden kleinen

Jungen noch so lange mit den neuen Sachen, bis den letzteren fast die Augen zu fielen, und die Mütter die Kerlchen zu Bett brachten. Als Lukas schlief, kam Helga noch einmal herüber. In behaglichem Geplauder ließ die kleine Festgesellschaft den Abend ausklingen.

Am ersten Weihnachtstag blieb Helga mit ihrem Lukas alleine. Lotte, Rolf und der kleine Alex waren zum großen Bruder Johann und seiner Familie nach Nieder-Florstadt eingeladen. Das war schon Tradition, das erste Mal nun ohne Helmut. Der kräftige „Autobahnadler" wurde ganz gut mit der zunehmenden Kälte fertig, auch Alex musste nicht frieren. Als alle mit dem köstlichen Mittagessen fertig waren, das Johanns Schwiegertochter wie immer perfekt vorbereitet hatte, wurde die Stimmung ungeachtet des Todesfalles recht gelöst. Für Lotte war das schön, dass keine Mitleidszenen entstanden. So konnte auch sie durchaus entspannt an den Gesprächen teilnehmen. Johanns Kinder und Schwiegerkinder waren ja alle älter als ihr Onkel Rolf. Das gab immer einmal wieder Anlass zu gutmütigen Späßen. An diesem Tag fragte ihn Johanns Tochter mit gespielt ernster Miene, ob er denn wohl so lange Junggeselle bleiben wolle, wie sein Vater bis zur zweiten Heirat alt geworden sei. Seine Antwort war kurz und für fast alle erstaunlich: „Das kann sich ganz schnell ändern."

Auf den Weg zurück fragte er Lotte, die mit dem Kleinen hinten saß: „Kannst du an Silvester die beiden Buben übernehmen? Ich will nachher Helga einladen, mit mir in Wolfs Saal tanzen zu gehen." „Sicher kann ich das, es steht keine Geburt an, und Helga kommt sowieso kaum raus." Und dich hat es ganz schön erwischt, dachte sie. Dass sich Helga auch in ihren kleinen Bruder heftig verguckt hatte, wusste sie längst, sie kannte sich mit Menschen aus. Ihr Strahlen, als Rolf sie dann einlud, war die letzte Bestätigung.

Der Eisbruch der übermütigen Jungs und der Dammschnitt zwei Tage später beschäftigten das ganze Dorf. Dieser neue Arzt hatte ja schon von Reichelsheim her keinen schlechten Ruf mitgebracht, aber diese Aktionen brachten ihm die Hochachtung der Bevölkerung ein, die Lotte ihm von Herzen gönnte. Aus den langen Jahren mit Doktor Lohfink wusste sie, mit einem tüchtigen Arzt im Hintergrund ist die Arbeit als Hebamme erheblich leichter.

Zum Silvesterabend hatte sie sich einige Kinderbücher heraus gesucht, um den beiden kleinen Bürschlein die Zeit gut vertreiben zu können. Es war schon fast zweiundzwanzig Uhr, als beide schlafend neben ihr in ihrem großen Bett lagen. Ihr war nicht gerade nach Feiern zumute, also packte sie die Bücher beiseite, richtete auch sich zum Schlafen und kroch zu den kleinen Schläfern in ihr Nachtlager.

Am Neujahrsmorgen war sie früh auf den Beinen, die Buben schliefen noch. Sie richtete ein schönes Frühstück für alle fünf. Dann machte sie sich an die Vorbereitungen für das mit Helga geplante Neujahrsessen; Hans hatte ihr dazu ein schönes Stück eingelegten Braten gegeben. Die Buben regten sich noch immer nicht, es war für sie doch ungewohnt spät geworden. Aber auch im anderen Haus war anscheinend noch alles still. Sie wollte sich gerade wenigstens selbst schon ein ordentliches Stück Brot mit Pflaumenmarmelade machen, da öffnete sich die Tür des Hinterhauses. Hand in Hand erschien ein strahlendes Pärchen, das ganz leise zu ihr in die Küche kam. „Na, Brüderlein, da gab es wohl keinen Fluchtweg mehr." „Da gibt es keinen mehr, das ist auf immer!" Entschlossen nahm Rolf Helga in die Arme und küsste sie noch einmal herzhaft, als wollte er so diesen Satz besiegeln. Nun nahm Lotte ihren Bruder in die Arme: „Und ich gratuliere dir jetzt erst einmal ganz, ganz herzlich zu deinem siebenundzwanzigsten Geburtstag. Das allerschönste Geschenk hast du ja schon." Helga war völlig erstaunt zu erfahren, dass er nun auch seinen Geburtstag feierte. „Das hättest du mir auch früher sagen können, Lotte." „Nein, das wäre ja noch ein besonderer Köder für deine

Mausefalle gewesen, du hast den Mäuserich ja auch so gekriegt."

Plötzlich öffnete sich leise die Küchentür. Die beiden Buben starrten mit erstaunten Augen auf Helga und Rolf, die sich gerade noch einmal küssten. Der fünfjährige Lukas erfasste die Situation sofort: „Rolf, bist du jetzt mein Papa?" „Jawohl, mein Kleiner, und das bleibe ich auch." Rolf nahm den Jungen auf den Arm und drückte ihn fest an sich, damit er es nur ja spürte und glaubte. Alex erfasste lediglich, dass hier etwas geschah, was glückliche Leute zauberte. Er rannte zu seiner Mutter und jauchzte: „Das ist schön!" Die nickte nur und sorgte dann dafür, dass alle um den Tisch Platz nahmen. Die Buben bekamen Decken umgewickelt, und dann gab es ein fröhliches Geburtstagsfrühstück.

Ohne die Kinder mit Einzelheiten zu erschrecken, berichtete Helga von den Ereignissen im Tanzsaal. „Und dann hast du dir mein Brüderlein an Land gezogen?" „Nein, er hat den Ausschlag gegeben. Weißt du, was der vor allen Leuten gesagt hat? ‚Ab ins Bett!' Sollte ich widersprechen? Ich bin eben ein braves Mädchen."

Im Laufe des Tages wollte Rolf dann noch sein Versprechen einlösen, das er seinen Eltern gegeben hatte. Er würde zum Nachmittag nach Hause kommen, um sich ordentlich gratulieren zu lassen und den

Geburtstagskuchen, den seine Mutter gebacken hatte, zu genießen. „Und ihr Vier fahrt alle mit. Die sollen mal richtig staunen."

Umbrüche im Dorf

Der 3. Januar 1949 war ein Montag und der Tag, von dem an Peter offiziell Praxisinhaber war. Die ganzen Ereignisse zwischen den Jahren hatten dem Ehepaar Lohfink sehr zu denken gegeben. Es konnte kein Dauerzustand bleiben, dass Peter in Reichelsheim wohnte. Der erste Todesfall im neuen Jahr sollte dieses Problem vorerst einmal lösen helfen. Im kleinen Nachbarhaus der ehemaligen Schneiderei, also neben Lottes Anwesen, hatte die im ersten Weltkrieg kinderlos verwitwete Lisbeth Müller, eigentlich Elisabeth, ein recht ärmliches, aber stolzes Witwenleben geführt. Neben mit der Kriegerwitwenrente hatte sie ihren Unterhalt mit allerlei kleinen Beschäftigungen bestritten. So hatte sie täglich die „Wetterauer Zeitung" in die Häuser getragen, jährlich auf den Äckern des Hofes Hinkel und anderer Höfe Unkraut gehackt, einigen alten Leuten geputzt und Ähnliches mehr. In den letzten Monaten hatte sie zunehmend gesundheitliche Probleme. Lohfink ging, da er ihre Neigung zum regelmäßigen Alkoholmissbrauch kannte, von einem deftigen Leberschaden aus. Lotte hatte in den letzten Wochen im Wechsel mit Helga und einigen anderen Nachbarinnen regelmäßig nach ihr geschaut und traurig festgestellt, dass sie gerade damit beschäftigt war, sich tot zu trinken. Am 4. Januar hielten ihre Hühner ein Riesenspektakel, offensichtlich waren sie nicht gefüttert worden. Käthe Winter, die mit ihrem Mann Heinz auf der anderen Seite neben Lotte wohnte, hatte für diesen Tag die Betreuung übernommen. Erst fütterte sie die Hühner, ging dann ins Haus und fand Lisbeth tot in ihrem Bett.

Die Kinder ihres Bruders, die das Anwesen erbten, fragten nach der Beerdigung im Gemeindebüro nach, ob sich wohl ein Mieter oder ein Käufer finden lasse. Der versehrte Gemeindesekretär, der Mann der älteren Praxismitarbeiterin, machte Peter den Vorschlag, erst einmal dieses Haus mit der kleinen Scheune zu mieten, um nicht mehr pendeln zu müssen. Mit den Erben kam Lohfink schnell zu einem Vertrag, sie kannten ihn alle schließlich seit Jahren. Peter setzte nun seine ihm lieb gewordenen Gastgeber im Reichelsheimer Pfarrhaus davon in Kenntnis, dass er nicht weit von der Praxis eine Bleibe gefunden habe, nicht gerade vornehm, aber brauchbar. Das halbe Dorf half ihm beim Ausräumen der alten Sachen Lisbeths. Malermeister Kähler bekam den Auftrag, die Wände in Ordnung zu bringen und zu streichen. Der Installateur aus Echzell, der schon für Helmut gearbeitet hatte, richtete eine ganz hübsche Innenhaustoilette her, die so groß war, dass sich auch eine schlichte Badewanne und ein daneben stehender holzgeheizter Boiler unterbringen ließen. Es war wohl das erste richtige Badezimmer im Dorf. Die Hühner hatte sich Helga herüber geholt.

Peter hatte keinen üppigen Komfort in dem kleinen einstöckigen Haus, aber den brauchte er auch nicht. In seinen eigenen vier Wänden fühlte er sich wie ein König. Sein Bad bot ihm eine Menge Annehmlichkeit. Und außer Bad und Küche zwei eigene Zimmer waren schon ein gewisser Luxus. In der kleinen leeren Scheune konnte er sein Autochen unterbringen und hatte noch üppig Platz, wofür auch immer.

Im Nachbarhaus war in den ersten Januartagen der kleine Bruder der Hebamme eingezogen. Täglich wanderte er mit zahlreichen Pendlern zum Bahnhof, um nach Friedberg zur Arbeit zu fahren. Kam er abends zurück, gab es stets einen großen Jubel der beiden Buben, die den Onkel und neuen Vater so sehr mit Beschlag belegten, dass Helga aufpassen musste, dass sie nicht zu kurz kam. Peter schämte sich ein wenig, als er sich dabei ertappte, wie er regelrecht Neid auf das Glück dieser jungen Leute empfand. Lotte Hinkel schien dergleichen nicht zu fühlen, sie wirkte unglaublich stark, fast zufrieden.

Rolf Weber hatte sich sofort in der freiwilligen Feuerwehr aktiv gemeldet. Er war seit seiner Jugend in seinem Heimatdorf dabei gewesen und konnte sich nicht vorstellen, nicht im Löschtrupp zu sein. Aufgrund seiner Erfahrung wurde er sofort zum stellvertretenden Ortsbrandmeister gewählt.

Die Zusammenarbeit Peters mit seinen beiden Angestellten und der Hebamme gestaltete sich tatsächlich so gut, wie er es am Nikolausabend vermutet hatte. Gegenseitige Vertretungen und Notdienste klappten mit den benachbarten Kollegen weiterhin sehr entspannt. Und es war für den manchmal einsamen Mann immer wieder schön, dass ihn im schönen Wechsel die Familien Bellersheim und Schröder zu sich einluden. Er war dann doch recht erstaunt, als er feststellte, dass inzwischen das erste Quartal seiner Selbstständigkeit schon vorüber war. Um ihn herum war die deutsche Welt heftig in Bewegung. Zumeist innerhalb all der historischen Fürstentums- oder Fürstbistumsgrenzen wurden Länder gegründet, die sich demokratische Strukturen schufen und gewählte Regierungen erhielten. Die scharfe Abtrennung der sowjetisch besetzten Zone lies die Hoffnung, wieder einen deutschen Staat in älteren Grenzen zu schaffen, völlig sterben. So bereiteten sich die neuen Länder und die inzwischen wieder funktionsfähigen Parteien darauf vor, aus den Besatzungszonen der drei Westmächte eine Einheit in der Form einer Republik zu schaffen.

Wenn er sich am Wochenende, wie öfter, gar nichts vorgenommen hatte, klopfte schon einmal der eine oder andere Nachbar an die Tür und lud ihn zu Kaffee und Kuchen ein. Das Gefühl, hier seine Heimat gefunden zu haben, tat ihm gut. Sein neuer Telefonanschluss im „Häuschen", wie er das gemietete Haus insgeheim nannte, verlockte ihn an solchen Wochenenden zu Suchaktionen nach jenen Menschen, die ihm nach Kriegsende nahe gewesen waren. So fand er Jochen Schanz wieder, der inzwischen verheiratet und als fertig ausgebildeter Lehrer an der Mittelschule in Willingen im Hochsauerland beschäftigt war, wo er nun mit seiner Inge und der kleinen Tochter lebte. Auch mit den Offenbacher Völkers hatte er mehrfach telefoniert. Deren Firma war wieder gut im Geschäft, die Amerikaner waren vorerst die besten Kunden. Hermann Vieth hatte er noch nicht auftreiben können.

Es war inzwischen Sommer geworden, Helga und Rolf hatten geheiratet, Peter war als Nachbar der Braut, die keine Verwandten mehr hatte, sogar als Trauzeuge beteiligt wie auch Lotte als große Schwester des Bräutigams. In der großen Hochzeitsgesellschaft war er kein Fremder mehr und die Möglichkeit, sich den ganzen Tag fast nur mit Lotte zu unterhalten und auch ab und an mit ihr zu tanzen, empfand er als ausgesprochen angenehm.

Kommunalpolitisch war das Dorf inzwischen in ziemlicher Unruhe. Nachdem mit Helmut Hinkel der allseits geachtete Bürgermeister verstorben war, hatte sein Stellvertreter für einige Zeit die Einigkeit aufrecht erhalten können. Doch dann ergab sich allmählich eine Spannung zwischen den Wünschen der Bauernfamilien, ihre Höfe so weiter führen zu können wie immer, wenn auch mit mehr Technik und weniger Personal, und der Arbeitswirklichkeit der sogenannten kleinen Leute, die durch das beginnende Wirtschaftswunder kräftigen Auftrieb sowohl in ihrem Einkommen als auch in ihrer gesellschaftlichen Bedeutung verspürten. Mit der Gründung der Bundesrepublik mussten natürlich Wahlen einhergehen. Obwohl im Dorf nur die Kür eines neuen Bürgermeisters anstand, der am gleichen Wahltag gewählt werden sollte wie der Deutsche Bundestag, vermischten sich beide Wahlkämpfe und wucherten im Dorf regelrecht aus. Der Kandidat der Bauern hatte eine gewisse Nähe zum Nationalsozialismus gehabt, der Kandidat der Arbeiter hatte den Ruf, insgeheim Kommunist zu sein. Von beiden Seiten wurden diese Gerüchte kräftig befeuert.

Unter den Feuerwehrkameraden gab es zwar alle denkbaren politischen Auffassungen, vorwiegend eher gemäßigte, die spielten aber keine Rolle. Der Zusammenhalt war vorbildlich. Rolf warf während einer

Besprechung dann doch das Thema Bürgermeisterwahl in die große Runde, weil ihm die allgemeine Dorfatmosphäre leid tat. Schnell stellten alle gemeinsam fest, dass die Polarisierung durch die beiden bisherigen Kandidaten nicht in ihrem Sinne und bestimmt nicht zum Wohle des Dorfes sei. Oft haben Dörfer ihre Kommunalpolitik in ihren Vereinen vorweg sinnvoll geregelt. So geschah es auch jetzt. Mehrere Wehrmänner hatten die gleiche Idee, als dritten Kandidaten ihren Hauptmann aufzustellen. Das war der nicht mehr ganz junge Heinz Winter, der Nachbar der ehemaligen Schneiderei. Dieser sagte unter zwei Bedingungen seine Bereitschaft zu. Einmal sollte seine Frau zustimmen, und zum Anderen wolle er nun endlich seine fast zwei Jahrzehnte dauernde Verantwortung für die Wehr in jüngere Hände geben, sein Nachbar Rolf Weber sei da wohl der Richtige. Alle stimmten diesem Vorschlag zu. Sofort musste er schnell nach Hause laufen und seine Frau befragen, ob sie seiner Kandidatur zustimmen wolle. Käthe Winter lachte nur und meinte, er sei alt genug, das selbst zu entscheiden. So wurde noch am gleichen Samstagnachmittag seine Kandidatur beschlossen und mit genügend Unterschriften zu Papier gebracht.

Die Wespe

Rolf hatte ein bisschen Sorge, Helga werde vielleicht etwas gegen seine geplante Hauptmannschaft einwenden wollen. So berichtete er ihr sofort davon. Sie legte ihm die Arme um den Hals und flüsterte, damit Lukas nicht gleich alles mitbekam: „Wenn du mir versprichst, deine Frau und die Kinder nicht zu vernachlässigen, bin ich wohl gerne einverstanden." „Was heißt hier ‚Kinder'? Sag bloß, du bist …" „Psst! Das erzählen wir Lukas erst morgen. Lotte hat mich untersucht und ist sich ganz sicher. Und Montag gehe ich zum Doktor in die Sprechstunde."

Helga hatte an diesem Nachmittag dafür gesorgt, dass die beiden Buben zu Gertrud und Werner kommen konnten, mit deren Tochter Christel sie gerne spielten, waren sie doch alle Drei in etwa einem Alter. Werner hatte nach seiner Ausbildung als Tischler bei seinem Meister in Echzell bleiben können und bereitete sich jetzt selbst auf die Meisterprüfung vor. An diesem Nachmittag hatte er aber als braver Feuerwehrmann an jener angesetzten Übung teilgenommen, in der die weitgehenden Entscheidungen gefallen waren.

Lotte konnte sich also ungestört mit Helga befassen und war sich sehr sicher, dass sie schwanger sei. Im anschließenden Gespräch fragte Helga ganz direkt, ob

Lotte nicht doch ab und an recht stark unter ihrer Witwensituation leide, sie selbst könne ja davon ein Liedchen singen. Lotte sah sie nachdenklich an und gestand dann: „Doch, und zwar seit Eurer Hochzeit kommt mir immer öfter der Gedanke: was wäre das schön, wenn du wieder einen Mann hättest. Die Sehnsucht danach ist schon wieder recht stark geworden." „Danach oder nach unserem Doktor?" Das saß. Einen kurzen Augenblick verschlug es Lotte die Sprache. Sie starrte Helga an und wurde dann rot wie ein kleines Schulmädchen. Die lächelte nur, legte ihr den Arm um die Schulter und meinte: „Arme Lotte, was musst du dich in letzter Zeit gequält haben. Mensch, der mag dich doch auch von Herzen. Wer nicht ganz von gestern ist, hat das doch bei unserer Hochzeit mitbekommen." Sie streichelte ihr über das glühende Gesicht und ließ sie dann mit ihren Gefühlen und Gedanken allein. Die Buben mussten geholt werden, und auch Rolf sollte wohl bald nach Hause kommen und mit der Neuigkeit überrascht werden.

Als Lotte ihren Sohn im Bett hatte und der auch gleich einschlief, stellte sie sich ungeschützt und intensiv ihrer neuen Gefühlssituation. Wie viel Kummer musste immer noch in Peter Makowski verschüttet sein, dass er so zurückhaltend und kontrolliert durch sein Leben ging. Und wie stark musste bei ihr der Verlust ihres Helmut seine Spuren in ihr Gemüt gezogen haben, dass sie, die doch im Grunde manchmal ein richtiges Pulverfass gewesen war, ebenfalls in ihrer Selbstkontrolle fast eingeschnürt gelebt hatte. Das war nunmehr schlagartig vorbei, jetzt musste nur noch ihr, sie gestand es sich nun ein, von Herzen geliebter Nachbar aus seinem jahrelangen Gefängnis heraus. Beim Tanzen anlässlich der Hochzeit ihres kleinen Bruders hatte sie eigentlich deutlich wahrgenommen, dass er sich intensiv zu ihr hingezogen fühlte und Mühe geben musste, sich nichts anmerken zu lassen. Aber sie selbst hatte ja ihre entsprechenden Regungen nicht zulassen wollen.

Im Bett wälzte sie sich unruhig hin und her. Sie hatte längst nicht mehr die jugendliche Unbekümmertheit und Wildheit, mit der sie Helmut damals im Heu um die Fassung gebracht hatte. Also sann sie auf einen gangbaren Weg, wie sie vielleicht dem spröden Doktor die spürbare Blockade würde durchbrechen können. Klar war, zuerst musste das „Sie" zwischen ihnen verschwinden. Sie war sich sicher, eine Gelegenheit werde sich bieten. Und schlief sofort zufrieden ein.

Wenige Wochen gingen ins Land. Und dann kam alles ganz anders. Am Samstag, 13. August waren die Buben im Garten und wollten die letzten Himbeeren von den Sträuchern brechen. Natürlich wurden die meisten auch gleich verspeist. Plötzlich schrie Alex laut auf und kam schreiend durch die schmale Scheune gerannt. Er deutete auf seinen Mund und schrie und schrie. Mit einem beherzten Griff hatte Lotte die Ursache des Geschreis zwischen Zeigefinger und Daumen zerquetscht. Es war eine Wespe, welche ihn offensichtlich tief hinten in die Zunge gestochen hatte, die sich so verkrampfte, dass die Wespe mitsamt der Himbeere festgehalten wurde. Hilflos sah Lotte, wie die Zunge immer dicker und der Rachen immer enger wurde. Panisch schrie sie nach Helga, die nun ihrerseits aus dem Fenster zum Hof des Hauses, in dem Makowski wohnte, laut um Hilfe rief. Peter kam wie der Blitz mit seiner Tasche herüber, erfasste sofort die Situation und setzte in die Zunge ohne zu zögern eine Spritze mit Kortison. Dann ordnete er an: „Los, Lotte, wir tragen ihn jetzt ins Haus, du nimmst ein Küchentuch, machst es mit kaltem Wasser nass und kühlst ihm den Hals von vorne." Er hatte inzwischen einen kleinen Keil aus seiner Tasche gefischt, den er dem Jungen zwischen die Zähne schob. Dann holte er aus der Tasche den Beatmungsbeutel, mit dem er vorerst die Lunge belüften konnte, bis das Kortison die Schwellung ein Stück weit zurückgebildet hatte. Lotte kühlte immer wieder, ihr liefen dabei die hellen Tränen über ihre Wangen. „Du brauchst keine Angst mehr zu haben, das Schlimmste ist vorbei, er wird jetzt schlafen und morgen wieder ganz munter aufwachen, vielleicht noch mit etwas schwerer Zunge, aber das gibt sich. Das wirst du sehen." In Lottes Kopf tröpfelte die Erkenntnis, dass Peter nun zuerst das „Du" verwendet hatte und auch dabei geblieben war. „Oh Gott, Peter, was hätte das gegeben, wenn du nicht erreichbar gewesen wärst?" „Ich sag´s dir nicht gerne, aber der Bub wäre wahrscheinlich erstickt, so weit hinten, wie das Biest zugestochen hat. Und eigentlich sind Wespen völlig harmlos, nur wenn sie sich gefährdet sehen, stechen sie zu."

Alex schlief tatsächlich schnell ein, atmete jetzt auch schon recht entspannt, und Peter konnte ihn problemlos in sein Zimmer im Obergeschoss tragen. Lotte zog ihm nur die Schuhe und die kurze Hose aus, dann ließ sie ihn im Vertrauen auf Peters Voraussage schlafen und schlich wieder die Treppe hinunter. Peter hatte sich auf ihr kleines Sofa gesetzt und meinte: „Komm, setz dich zu mir her, du musst erst mal runter kommen." Während sie sich setzen wollte, zog er sie plötzlich auf seine Knie, nahm sie fest in die Arme und küsste ihr behutsam und voller Zärtlichkeit ihre Tränen einzeln aus ihrem Gesicht. Da gab es viel zu tun, und beide genossen es, bis sie sich endgültig zu einem langen leidenschaftlichen Kuss zusammenfanden. „Muss erst sowas passieren, dass mir klar wird, wie lieb du mir schon lange bist? Und du bist wohl auch ein bisschen in den Medizinmann verliebt?"

„Vermutlich schon länger, aber ich weiß es erst seit einigen Tagen, Helga hat mich darauf gestoßen." Sie sah ihn eine ganze Zeit versonnen an, dann bahnte sich die alte Lotte ihren Weg. „Bitte, bleib bei mir heute Nacht." Er lachte, „Du wirst mich sowieso nicht mehr los." „Will ich auch gar nicht." Lotte lachte nun endlich auch wieder.

Alex hatte die ganze Nacht über nicht einmal geweint oder Unruhe gezeigt. Wie von Peter vorausgesehen, war der Wespenstich am nächsten Morgen kein Thema mehr. Dass Alex so früh wach wurde, hatten Lotte und Peter nicht erwartet. Sie waren zwar schon auf, aber noch im Schlafzimmer mit der Morgentoilette beschäftigt, als Alex plötzlich herein kam. Verdutzt betrachtete er die ungewohnte Situation. Sein Freund Peter bei seiner Mama? Dann bemerkte er altklug: „Jetzt habe ich auch einen Papa. Und das ist mein lieber Peter." Der setzte sich mit dem Kleinen auf die Bettkante und fragte an, ob es denn dem jungen Herrn Alexander recht sei, wenn er jetzt Mamas Mann sei und dann eben auch sein Papa. Die Gegenfrage des Kleinen rührte ihn zutiefst: „Peter, darf ich jetzt immer Papa zu dir sagen, so wie der Lukas zum Rolf?" „Da bin ich ganz stolz, wenn du das tust." Alex hüpfte von der Bettkante, hopste vergnügt im Schlafzimmer umher und sang immer wieder auf die Melodie von „Hänschen klein":

„Meine Mama weint nicht mehr, unser Haus ist nicht mehr leer …", worüber die Erwachsenen total erstaunt waren. Das Bürschlein war schließlich noch nicht einmal ganze vier Jahre alt.

Wahltag zu neuen Ufern

Die Bundestagswahl fand am 14. August 1949 statt. Sie war nach den Wahlen zu den Landtagen und den Kommunalwahlen 1946 die erste Bundestagswahl überhaupt und die erste komplett freie Wahl auf deutschem Boden seit der Reichstagswahl vom 6. November 1932. Während die Werbung der Kandidaten, in diesem Falle auch schon vorwiegend ihrer Parteien, in den Dörfern wenig Aufregung verursacht hatte und im Wesentlichen eine Aufteilung der Stimmen entsprechend des Durchschnittes in der Republik erbrachte, war dagegen die notwendig gewordene Bürgermeisterwahl schon ein gewisser Aufreger.

Bei einer sehr hohen Wahlbeteiligung erhielt der nationalistisch orientierte Bewerber ganze sieben Stimmen, also nur von einem ganz kleinen Teil der aus den Bauernfamilien kommenden Wähler. Noch etwas schlechter erging es dem Kandidaten, der als Kommunist bezeichnet wurde, er erhielt nur drei Stimmen, ebenso viele Wähler stellte seine eigene Familie. Es zeigte sich, die Feuerwehr hatte mit ihrer internen Diskussion über die gefährliche Polarisierung im Dorf und ihrer erfolgreichen Aufstellung des überall geschätzten Heinz Winter die Gefahr einer Dorfspaltung erfolgreich gebannt. Dieser trat als Feuerwehrkommandant zurück,

Rolf Weber wurde wie geplant sein Nachfolger, die Dorfgemeinschaft blieb in Frieden.

Weit mehr Aufsehen als die ursprünglich so aufregenden Wahlen erregte einige Zeit nach Öffnung des Wahllokals in der Volksschule neben der Kirche ein Arm in Arm zur Wahl schreitendes Paar, der Dorfarzt und die Hebamme. Nach ihrem Abgang bemerkte der Vorsitzende der Wahlkommission, der Gemeindesekretär Horst Weiß, schmunzelnd zu seinen Beisitzern: „Da wird meine Frau staunen, wenn ich ihr erzähle, dass sich ihr Chef mit unserer Lotte zusammengetan hat." Die ganze Wahlkommission war sich sofort einig, dass es passt und den Beiden das zu gönnen sei. Nachdem Peter und Lotte danach auch noch gemeinsam den Gottesdienst besucht hatten, verbreitete sich die Neuigkeit in Windeseile durch das ganze Dorf. Lotte hatte das natürlich erwartet und begab sich mit Peter und dem kleinen Alex sofort zum Hinkelhof.

Toni war gerade damit beschäftigt, den großen Tisch zu decken. Auffällig war, dass sie das in der guten Stube machte und nicht wie sonst am Küchentisch. Und noch auffälliger, dass sie drei Gedecke mehr gerichtet hatte, als sie für Hans, sich, die beiden Söhne Willi und Gerhard sowie die Tochter Annegret benötigt hätte. Die Dorfgerüchteküche hatte hervorragend geklappt. So erwartete sie das frische Paar und Alex. Lotte hatte sich noch keine Gedanken über ein Mittagessen gemacht, sie war doch einigermaßen aus ihrem Alltagstakt geraten. Peter wurde natürlich außerordentlich herzlich als neues Familienmitglied aufgenommen. Erstaunt waren alle über den kleinen Alex, der ihn unverdrossen Papa nannte und sichtlich diesen Zuwachs seiner kleinen Familie genoss.

„Mama, wir müssen gleich zu Opa fahren, der kennt meinen neuen Papa noch gar nicht." Das war zwar nur eingeschränkt richtig, natürlich kannte Karl Weber seinen Hausarzt, nur dessen neue Rolle wohl noch nicht. So brachen die Drei bald nach der Mahlzeit auf, gingen zum Schneiderhaus zurück und fuhren mit dem flotten Adler Lottes zu „Opa Karl" und „Tante Emmi". Der kleine schwarzhaarige Mann auf dem Rücksitz zappelte herum und konnte gar nicht abwarten, diese aufregende Veränderung seines Lebens erzählen zu können.

Karl Weber war mit seinen 87 Jahren immer noch ungewöhnlich rüstig. Er saß im Schatten neben der Haustür und rauchte seine Pfeife. Als das Auto im Hof anhielt, nicht aber seine Tochter sondern Peter am Steuer saß, brummte er vor sich hin: „Na, endlich. Und wieder Milch und Honig." Alex kam gesprungen, krabbelte auf seine Knie und flüsterte ihm ins Ohr: „Das ist mein neuer Papa." „Ist das noch so geheim?" „Nee, aber du allein sollst es zuerst hören." Die frisch gebackenen Liebesleute und der kleine Glücksbote blieben ein gutes Stündchen bei Opas Familie, dann begaben sie sich auf eine schnelle Rundreise durch die verzweigte Verwandtschaft, immer in der Hoffnung, anderen Nachrichtenwegen zuvorzukommen. Aber bei Esthers und Elfriedes Familien war die Nachricht längst angekommen. Hätte Toni diese nicht fernmündlich weitergeben können, wäre sie wohl zersprungen.

Als am nächsten Tag ein sichtlich aufgeräumter Doktor in seiner Praxis eintraf, ließen sich die beiden Helferinnen nicht anmerken, dass sie natürlich, wie das ganze Dorf, die Kunde erfahren hatten. In der ersten Patientenkarte fand Peter dann ein lustig bemaltes Papierblatt mit der knappen Botschaft: „Herzliche Glückwünsche von Doris und Erika". Als Erika den letzten Patienten aus dem Wartezimmer holen wollte, fand sie dort geduldig wartend auch noch ihren früheren Chef. Diesen bat sie dann als Allerletzten in das zweite Sprechzimmer, ohne Peter etwas davon zu sagen. Als der eintrat, empfing Lohfink ihn mit der Einladung „Kommst du bitte heute nach der Nachmittags-Sprechstunde mit Lotte zu uns in die Wohnung. Wir haben etwas Wichtiges zu besprechen. Wenn der Kleine mitkommen will, bringt ihn mit, wenn nicht, lasst ihn eben bei Helga und Rolf.", klopfte seinem Nachfolger freundschaftlich auf die Schulter und verschwand wieder durch das Treppenhaus in die Wohnung im Obergeschoss.

Wie verabredet holte Peter seine Lotte nach der letzten Patientenuntersuchung zu Hause ab, Alex hatte von den zahlreichen Besuchen am Vortage nun doch genug und blieb gerne bei seinem Freund Lukas. Luise Lohfink hatte ein kleines feines Abendessen vorbereitet und den Tisch festlich gedeckt. Als alle vier Platz genommen hatten, eröffnete Eduard Lohfink das Gespräch mit der Bitte, die Verwirrung mit den verschiedenen Anreden „Sie" und „Du" aus vorigen Zeiten insgesamt zu beenden und zu einem allseitigen „Du" über zu gehen. Dann machte er ein ganz feierliches Gesicht: „Dass ihr beiden euch schließlich finden würdet, hatten wir Alten schon lange vermutet, eigentlich schon seit Nikolaus im letzten Dezember. Ihr habt uns ganz schön zappeln lassen. Umso schöner ist es, jetzt eure gemeinsame Freude zu erleben. Nun also zur Sache: Ohne dass du, Peter, das mitbekommen hast, haben wir inzwischen das Anwesen, in dem du bisher gewohnt hast, angekauft und warten nur noch auf den Eintrag im Grundbuch. Wir wollten dir vorschlagen, hier in diese Wohnung zu ziehen, damit wir in das gekaufte Haus einziehen können. Die Wohnung hier im ersten Stock ist zwar sehr schön, aber für uns nun etwas zu groß und über die Treppe für uns Ältere doch langsam nur beschwerlich zu erreichen. Luise kann das noch besser, ich aber komme immer ganz schön außer Puste." Er lächelte Lotte an. „Und wenn du jetzt mit deinem Alexchen hier mit einziehst, hat das Ganze erst recht einen Sinn. Vielleicht kann dein Bruder die vordere Wohnung irgendwie gebrauchen."

Peter hatte gleich mehrere Ideen, das Ganze abzuwickeln, wollte alles aber erst mit Lotte und dann mit Helga und Rolf durchsprechen. Sofort aber konnte er dem von Lohfink vorgeschlagenen Wohnungstausch zustimmen, denn auch Lotte nickte eifrig mit dem Kopf. Für sie stand erstens fest, dass Peter jedenfalls besser über der Praxis wohnen sollte als ein ganzes Stück Weg davon weg. Und sie selbst könnte zweitens so die langjährige Zeit mit Helmut besser hinter sich lassen. Die Buben würden mit der räumlichen Trennung sicher gut zu Recht kommen, zumal der schmale Garten des Schneiderhauses eine etwa vier Meter lange gemeinsame Grenze mit dem Riesengarten des großen Arzthauses hatte, das ja in einer Nebenstraße lag. Ein Türchen im Zaun würde den Kindern sicherlich große Freude machen. Und Helga könnte sogar bei ihr in Stellung bleiben, wenn sie das wollte, ohne die Straßen entlang laufen zu müssen.

Als Lotte und Peter nach diesem wichtigen Abendessen schließlich zurück ins Schneiderhaus kamen, hatte Helga schon die Buben im Zimmer ihres Sohnes zum Schlafen niedergelegt. Das gab es öfter und war bei beiden sehr beliebt. So ergab sich sofort Gelegenheit, zu viert über Zukunftspläne im Rahmen der unerwarteten neuen Situation zu sprechen. Peter schaute versonnen von Lotte zu ihrem Bruder und seiner Frau und berichtete von Lohfinks Aktionen und Wünschen. Dann breitete er seine Gedanken vor ihnen aus: „Wenn es dir, Liebste, so recht ist, bestellen wir in den nächsten Tagen das Aufgebot und sehen, dass wir noch vor Ende September einen Heiratstermin finden. Wir haben so verdammt viel Zeit verloren." Lotte nickte nur und streichelte sacht seine Hand. „Wir wandern dann auch so schnell es geht in die Arztwohnung. Euch jungen Leuten entsteht dann viel mehr Platz für euch und eure zwei, vielleicht auch noch mehr Kinder. Ich werde Lohfinks anbieten, das Arzthaus zu kaufen, ganz arm bin ich bereits nicht mehr. Unsere Raiffeisenbank wird mir und Lotte sicher den Rest finanzieren. Wenn ihr Webers das Schneiderhaus als Eigentum haben wollt, müsst ihr Drei euch einig werden, jetzt gehört es ja Lotte allein."

Rolfs Antwort enthielt einige Überraschungen. „Mit dir, Lotte, eine Lösung zu suchen, hatten wir schon seit einigen Wochen im Sinn. Jetzt kommen uns euer

Heiratsplan und der Wanderwille der alten Doktorsleute hilfreich entgegen. Unsere Idee ist schon länger, hier im Dorf ein Textilgeschäft zu eröffnen und parallel dazu den Großhandel mit Stoffen zu übernehmen, den mein Chef gerne in andere Hände geben will, weil das in Friedberg stetig wachsende Ladengeschäft alle seine Kräfte benötigt. Er würde zuerst finanziell mit einsteigen und uns dann alles per Ratenkauf allmählich übereignen. Mit der Schneiderei hat er das mit einer Kollegin ebenso gemacht, und die ist mit dem Ablauf höchst zufrieden. Das Schneiderhaus kaufen wir dir ab, Schwesterchen, dann heißt die Eigentümerfamilie wieder Weber. Wir bauen dann ein bisschen um, und jedem ist geholfen. Über einen anständigen Kaufpreis werden wir garantiert einig."

Einschneidende Veränderungen

Direkt am folgenden Mittwoch, Peters freiem Nachmittag, gingen Lotte und er ins Gemeindebüro und bestellten beim Standesbeamten Horst Klee das Aufgebot. Die Hochzeit wurde für den 23. September geplant. Vom Gemeindeamt gingen sie dann sofort zum Pfarrhaus. Der junge Pfarrer Storz war zu Hause und reichlich erstaunt, das frische Paar so zielsicher auf eine Heirat hin steuern zu sehen. Die kirchliche Trauung wurde für den 24. September vereinbart. Dann widmete sich Storz ausführlich beiden Brautleuten und führte ein Traugespräch, in dem eher die beiden Erfahrenen Lehrreiches für den jungen Mann zu erzählen hatten als umgekehrt. Dieser hatte kurz vor seiner Übernahme dieser seiner ersten Pfarrstelle geheiratet, und seine Frau hatte mit Lottes Unterstützung erst vor wenigen Wochen entbunden. Er freute sich sichtlich auf diese Trauung.

Während Lotte natürlich Helga bat, ihre Trauzeugin zu sein, musste Peter zuerst ein wenig grübeln, ob er Martin Bellersheim oder Werner Schröder um diesen Dienst bitten solle. Die Lösung war dann ganz salomonisch: er fragte Eduard Lohfink, und der sagte gerne zu.

Obwohl es durch die zahlreichen Verwandten Lottes und Peters befreundete Ärzte mit ihren Familien eine große Hochzeitsfeier wurde, ging es sehr familiär und vertraut zu, was Lotte und Peter recht glücklich stimmte. Ein großes Hallo gab es, als Peter das Geschenk der Eheleute Lohfink auspackte. Es war ein Emailschild mit der Aufschrift:

DR. PETER MAKOWSKI,
PRAKT. ARZT
CHARLOTTE MAKOWSKI
HEBAMME

Am folgenden Morgen schlief Alex bis zum Mittagessen, das Erlebnis der großen Gesellschaft und der vielen Kinder hatte den kleinen Kerl doch ganz schön erschöpft. Lotte und Peter saßen also allein zu ihrem Frühstück in der Küche. „Es ist kaum zu glauben, was da an tollen Geschenken zusammen gekommen ist", meinte Peter, „das müssen wir alles uns noch einmal mit viel Zeit und Ruhe anschauen." Lotte lächelte und meinte „Zuerst müssen wir heute Nachmittag alles aus Wolfs Saal herüber holen. Das schönste Hochzeitsgeschenk haben wir uns aber wahrscheinlich selbst gemacht." Peter schaute sie verständnislos an. „Was meinst du damit?" „Na ja, ich bin seit gut drei Wochen mit meiner Periode überfällig. Zuerst dachte ich, jetzt habe ich nicht nur wieder einen Mann bekommen sondern auch noch meine Wechseljahre. An der Zeit wäre es ja. Aber inzwischen sind da einige Erscheinungen, die auf eine andere Ursache deuten. Du musst mich halt untersuchen. Das wollte ich dir heute als Erstes berichten." Peter wusste kaum, wie ihm geschah. Dass er nun doch noch einmal Vater eines Kindes werden könnte, hatte er keinesfalls erwartet. Lotte war immerhin im Mai fünfundvierzig Jahre alt geworden.

Seine Untersuchung erbrachte die Bestätigung, seine Frau war schwanger. Nun betrieb er mit großem Eifer mit Lohfinks zusammen die Renovierung des kleinen Fachwerkhauses. Bereits Ende Oktober konnten diese dann dort einziehen. Der Kaufvertrag für das Doktorhaus war beurkundet, also konnte nun auch dort eine kleine Wohnungsauffrischung stattfinden. Noch im November rückte dann die Familie Makowski mit Sack und Pack ein. Auch für den Eigentumswechsel im Schneiderhaus hatte sich eine gute Lösung gefunden. Zur Freude des alten Karl Weber hatte Lotte ihrem Bruder das Anwesen für einen sehr geringen Kaufpreis überlassen. Der Umbau zum Geschäftshaus sollte dann im Frühjahr beginnen. Und Makowkis konnten einen Teil des Geldes für die Anschaffung von zwei neuen VW-Käfern gut gebrauchen. Der Hanomag streikte mehr, als dass er fuhr, und der Adler machte auch erste Probleme.

Der Januar 1950 wurde erheblich wärmer als erwartet, wenn auch reichlich verregnet. Der Maurermeister aus Reichelsheim, der eigentlich später hatte beginnen wollen, schlug Rolf vor, sofort mit dem Umbau zu beginnen. Da Helga gegen Ende März ihr Kind bekommen sollte, kam das den Beiden gerade recht, zumal sich der Baustaub durch den Regen durchaus in erträglichen Grenzen hielt. Bereits Ende Januar war der alte Türdurchbruch zwischen den Obergeschossen wieder hergestellt und somit die Wohnung um zwei schöne große Zimmer sowie ein neues Bad im ehemaligen Flur erweitert. Der untere Durchbruch gab den Weg zum Laden frei, der Abbau der vorderen Treppe und ein Schaufenster zur Straße schafften Raum und Licht. Ein zweiter Bauabschnitt änderte die Scheune zu einem großen, trockenen und übersichtlichen Lagerraum für die Stoffballen des Großhandels.

Die Geburt des kleinen Philipp Weber kam dann doch etwas früher als erwartet am 14. März. Kerngesund und munter, wenn auch nicht besonders schwer, verursachte er Helga keine Probleme bei der Geburt. Lotte legte ihr den kleinen blonden Erdenbürger gleich auf den Bauch. Um Helga die ersten Tage der Ruhe nicht langweilig werden zu lassen, brachte sie ihr das „Lebensbuch" ihrer Mutter, in dem ja Opa Karl eine wesentliche Rolle spielte und sich für Helga das Eine oder Andere der Familie noch erschließen mochte. Bei dieser Gelegenheit fiel ihr auf, dass sie ihrem Peter dieses Kleinod der Familiengeschichte wie auch die letzten Aufzeichnungen Helmuts bisher vorenthalten hatte. Also bekam er sie anschließend zu lesen.

Sie hatte zwar noch sicherlich zwei Monate bis zu ihrer eigenen Niederkunft und fühlte sich gesund und spannkräftig, sie nahm aber gerne dann ab Ostern das Angebot ihrer beiden Nachbarinnen im Beruf an, ab dann sie je zur Hälfte für mindestens ein Vierteljahr zu vertreten. Das hatte schon rund um die Geburt ihres Großen hervorragend geklappt. Und umgekehrt mehrfach auch.

Am 8. April, dem Samstag vor Ostern, wurde mit einer kleinen Feier und einem Tag der offenen Tür für die Dorfbewohner Rolf Webers Textilladen eröffnet. Der Andrang war groß, und durch die Anwesenheit von Helga und dem kleinen Philipp wurde das gleichzeitig eine Gratulationsveranstaltung für den Nachwuchs. Lukas war zur Einschulung angemeldet und sowohl darauf als auch auf das kleine Brüderchen außerordentlich stolz. Er saß den halben Tag auf der Verkaufstheke und verteilte Bonbons an alle Kinder, die mitgebracht wurden. Am Osterdienstag startete dann der offizielle Verkauf.

Bereits bevor Lotte und Peter zusammengefunden hatten, waren die drei befreundeten Ärzte auf einen Artikel in einer Ärztezeitschrift gestoßen, in dem neue elektrische Öfen zur Desinfektion von medizinischen Gerätschaften vorgestellt wurden. Die Aussicht, alle Metallgegenstände nicht mehr täglich auskochen zu müssen, hatte ihren Reiz. Nach einiger Zeit der Überlegung hatten sie dann beim Hersteller Siemens angefragt, ob ihnen ein solches Gerät einmal in einer ihrer Praxen vorgeführt werden könne, in Frage kämen mindestens drei Anschaffungen. Von Siemens war mitgeteilt worden, es werde augenblicklich gerade eine Produktionsumstellung durchgeführt und die zweite Gerätegeneration werde wohl Ende des ersten Quartals 1950 produktionsreif.

Für den 12. April war ihnen nun für ihren freien Mittwochnachmittag eine Vorführung in der Praxis Bellersheim in Reichelsheim angekündigt worden. Ein Spezialist werde kommen, um die Wirkungsweise dieses Gerätes zu demonstrieren. Lotte konnte Alex bei Helmuts Enkelin Gertrud lassen, die zu ihrer Christel inzwischen noch ein Annelieschen bekommen hatte, das jetzt gerade das Laufen begann, was die größeren Kinder gewaltig begeisterte. Also fuhr Lotte unbelastet mit zur Vorführung des Gerätes. Das konnte auch ihr nützen. Das Auto des Siemensvertreters fuhr pünktlich vor, und

Martin sah durchs Fenster, dass dieser nur einen Arm richtig gebrauchen konnte. Also half er ihm, seine Kiste in die Praxis zu bringen. Als sie eintraten, sprang Peter auf, eilte auf den Siemensmann zu und nahm ihn in die Arme. „Mensch, Herr Vieth! Endlich habe ich sie gefunden!"

Alle Anwesenden wollten das verstehen. „Ja, wissen Sie, ihr Kollege war mein Funker in meinem Panzer am Ende des Krieges. Meine Verletzung nach einem Beschuss hat er mit bei den Amerikanern geklautem Penicillin so gut versorgt, dass ich nicht am Wundbrand gestorben bin. Ich habe sie auch gesucht, Doktor, aber vergebens." Schnell führte er dann das Gerät vor. Die drei begeisterten Ärzte machten daraufhin eine praktische Sammelbestellung und versprachen, ihren anderen Nachbarn dann ihre Geräte vorzuführen. Das lief so schnell ab, dass Vieth noch zwei Stunden mit zu Makowskis kommen konnte, bevor er wieder nach Hause aufbrach. Aufgrund seiner technischen Erfahrung als Panzeroffizier hatte er mit entsprechender Weiterbildung in den Vertrieb bei Siemens einsteigen können und war seit etwa einem Jahr nun Vertriebsleiter für Deutschland Mitte. Mit seiner Frau und seinen zwei Kindern war er dazu an den Stadtrand von Frankfurt umgezogen.

Werden und Vergehen

Am Samstag nach dem Himmelfahrtstag hatte Lotte Geburtstag. Am frühen Nachmittag begannen die Wehen. Bereits gegen 18 Uhr war die Geburt geschafft. Peter war nicht von ihrer Seite gewichen. Die befreundete Nachbarhebamme, die schon die Geburt Alexanders begleitet hatte, war wieder im Einsatz und fand es durchaus bemerkenswert, wie gelassen dieser Arzt die Geburt seines Kindes erlebte. Von ihrem Hausarzt Schröder war sie gewohnt, dass er zwar bei den Geburten, zu denen sie ihn gerufen hatte, besonnen und ruhig seine Arbeit erledigte, sich hingegen bei den Geburten der eigenen Kinder total nervös und ungeschickt angestellt hatte.

Peters erste Reaktion war. „Ach, wie schön, ein gesundes Mädchen." Lotte und er hatten sich bereits seit längerer Zeit geeinigt, ein Junge würde den Namen seines Vaters bekommen, also Gottfried genannt werden, ein Mädchen hingegen solle den Namen ihrer Mutter erhalten, also Alice heißen. So wurde es dann auch, zumal dieser 20. Mai ja auch der Geburtstag dieser Großmutter gewesen war. Die kleine Alice war noch gar nicht fertig geboren, da steckte sie schon ihren Daumen in den Mund und begann daran zu nuckeln. Das hatten beide Hebammen so noch nie erlebt. Anders als der seinerzeit wild randalierende Alex war die junge Dame von Anfang an die Ruhe selbst. Da war aber noch ein weiterer Unterschied zum großen Bruder. Sie hatte die gleiche helle Haut wie ihr Vater und einen weichen blonden Haarschopf. Als Alexander, der wieder bei Gertrud gespielt hatte, dann von Peter nach Hause geholt worden war, stand er strahlend an der Wiege seiner Schwester und streichelte ihr vorsichtig das kleine Händchen. Peter machte Lotte auf das Bild dieser Kinderhände aufmerksam und bemerkte: „Jetzt haben wir zweimal Milch und Honig im Haus." Er hatte das Lebensbuch sorgfältig gelesen.

Am Sonntag kamen dann Helga und Rolf mit den Kindern durch das tatsächlich neugeschaffene Gartentürchen zum Gratulationsbesuch. Sie bewunderten die kleine blonde Alice, und Rolf bemerkte schmunzelnd: „Peter, die kannst du nun keinesfalls verleugnen." Dann berichteten die jungen Webers von den ersten Wochen ihres Ladens. Es hatte einen Zulauf gegeben, den sie nie erwartet hätten, auch aus den Nachbardörfern. Und das sei konstant so geblieben.

Helga berichtete, sie habe inzwischen doch mit dem Philippchen und dem Laden eine Menge zu tun und wolle nun nicht wieder in ihre Funktionen bei Lotte einsteigen. Die hatte damit schon gerechnet und mit

Peter verabredet, sie wolle bei einer Absage zuerst einmal Helmuts Enkelin Gertrud fragen. Ihr Mann arbeitete jetzt als Meister in der Echzeller Schreinerei, in der er seine Lehre gemacht hatte. Vielleicht könne er diese später einmal übernehmen, hatte er erzählt. Nun aber wäre das sicher ein schöner Zuverdienst für die junge Familie, dachten Lotte und Peter. Und Gertrud war eine praktische junge Frau.

Wie bestellt erschienen die jungen Steinfurthers dann auch am gleichen Nachmittag mit ihren beiden Mädchen, um gleichfalls zu gratulieren. Lotte machte Gertrud natürlich sofort das Angebot, bei ihr als Wirtschafterin und Kindermädchen anzufangen. Werner lächelte seine Frau an und meinte „Siehste, die Helga hat jetzt keine Zeit mehr. Ich habe dir ja gesagt, die fragen jetzt dich." Eben in dieser Erwartung war auch schon die Entscheidung gefallen, zuzusagen.

Peter hatte wenige Wochen zuvor Helmuts andere Enkeltochter Annegret einige Tage vor ihrem siebzehnten Geburtstag als Lehrmädchen zur Arzthelferin einstellen können. Im Laufe des Winters hatte nämlich seine Mitarbeiterin Doris Klee, die einst ja als Krankenschwester ausgebildet worden war, selbst die Ausbildungsbefähigung erworben. Toni und Hans waren froh, ihrer Kleinen den Herzenswunsch erfüllen zu können, nach Beendigung der Mittelschule, die seit der Landesgründung Realschule hieß, diesen Beruf zu erlernen. Und das bei der Verwandtschaft im eigenen Dorf.

Die durch die zahlreichen Veränderungen in der ersten Jahreshälfte 1950 entstandenen neuen Verhältnisse ließen sich allesamt gut an. Opa Karl Weber, der mit der Umgestaltung der Firma der Kinder seiner Frau zu einem Landmaschinenhandel mit Reparaturwerkstatt nichts weiter zu tun hatte, wanderte anfangs trotz seines hohen Alters mindestens einmal pro Woche zusammen mit Emmi ins Heimatdorf beider und besuchte seine Nachkommen im Hof, im Arzthaus, im Haus der Steinfurthers oder in der Schneiderei. Besonders Rolfs Geschäft machte ihm große Freude. Es waren nun mehr als sechsundsechzig Jahre vergangen, seit er mit seiner Alice in der Schneiderei eingezogen war. Ein Leben voller Höhen und Tiefen und eine große Verwandtschaft hatten sein Leben reich gemacht.

Am 17. September, einem Sonntag, machten sich Lotte und Peter mit den Kindern zu Fuß auf den Weg zu Emmi und Opa Karl, dem es seit Tagen nicht sehr gut ging. Peter hatte ihn schon mehrfach besucht und festgestellt, dass er nun lebenssatt geworden war. Dagegen gab es keine Medikamente. Es war kühl geworden, knapp 14

Grad, aber die Sonne schien, immer wieder gestört durch dicke Wattebausch-Wolken. Karl Weber lag in seinem Bett. Er erkannte zwar sichtlich seine Besucher, blieb aber stumm. Als sie nach einiger Zeit das Zimmer verließen, hielt er Lotte mit leiser Stimme zurück. Er hob ein wenig die Hand und flüsterte: „Ich danke Gott von Herzen. Ich hatte ein reiches Leben und kann jetzt in Frieden sterben." Am nächsten Morgen hörte dann im Beisein seiner Frau sein Herz einfach auf zu schlagen.

Das Treffen

Lotte hatte schon im Lauf der ersten Wochen nach der Geburt der kleinen Alice wahrgenommen, dass Peter bisweilen recht traurig war, weil ihm überhaupt jeder verwandtschaftliche Anhang fehlte. Er fühlte sich in ihrer großen Familie zwar durchaus wohl, aber irgendwie schien ihm seine eigene Vergangenheit ein wenig abhanden gekommen zu sein, wenngleich er den frühen Tod seiner ersten Frau und seines Söhnchens inzwischen gelassen hinnehmen konnte.

Deshalb schlug ihm Lotte vor, im Herbst ein Überraschungstreffen mit allen jenen zu organisieren, die ihm in der ersten Zeit nach Kriegsende so nah gewesen waren. Sie fanden den ersten Samstag im Oktober als geeigneten Tag und verschickten nun Einladungen zu einem Treffen an die Panzerbesatzung, den amerikanischen Arzt und Peter Völker mit ihren jeweils in Frage kommenden nahen Angehörigen. Peter hatte eine Formulierung gefunden, die den Eindruck erweckte, die jeweils Angeschriebenen seien die einzigen Gäste, so sollte die Überraschung wohl gelingen. Und an Jochen Schanz hatte er geschrieben, wenn möglich solle er doch seinen Bruder Klaus mit Familie einfach mitbringen. Scriba, seine Frau und seine

Schwägerin waren im Frühjahr kurz hintereinander verstorben.

Es war am 07. Oktober zwar nur knapp 15 Grad warm, aber bisweilen zeigte sich die Sonne für ein oder zwei Stunden, ideales Wetter für ein kleines Fest im Haus und im großen Garten. Pünktlich kurz vor Elf kamen einige ganz unterschiedlich große Autos in den breiten Seitenweg eingefahren und hielten hintereinander an. Als letztes bog ein für Deutschland riesiges Fahrzeug um die Ecke und versperrte parkend fast den halben Weg. Aus diesem stieg der in Zivil gekleidete Jonny Bachmeyer und öffnete galant einer Dame, die höchstens halb so alt wie er zu sein schien, die Beifahrertür. Sie war sichtlich hochschwanger.

Da sich die männlichen Besucher mit je einigen Ausnahmen gut kannten, standen die dazugehörigen Frauen einschließlich Lotte, und natürlich die Kinder, entschieden im Mittelpunkt des Interesses. Die junge Schwangere in Bachmeyers Begleitung entpuppte sich als dessen Ehefrau, 1929 in Mainz als Lehrerstochter geboren und trotz ihrer Jugend verblüffend reif und gebildet. Und Jonny Bachmeyer arbeitete nun in Wiesbaden im Leitungsteam des „US Airforce Hospital".

Es wurde ein sehr lebendiger Tag. Gertrud hatte sich Annegret als Helferin zur Kinderbetreuung dazu geholt, dadurch konnten die Erwachsenen viele Erinnerungen austauschen und neuste Begebenheiten berichten. Klaus Schanz war tatsächlich mit Frau und Sohn herbeigekommen, damit hatten auch Völkers mehrere bekannte Gesichter vorgefunden. Die Freude über die gelungene Überraschung durch diese Einladung der Makowskis war bei allen groß.

Abends, als alle wieder abgereist waren und die Kinder schliefen, nahm Peter seine Frau dankbar für diese Idee in die Arme, meinte aber, das Allerbeste seines Lebens sei nun doch seine kleine Familie. Und dann verkündete er feierlich: „Deshalb werde ich den Alex adoptieren, so schnell es möglich ist. Natürlich nur, wenn dir das recht ist." Statt einer Antwort küsste sie ihn stürmisch, das war deutlich genug. „Und wir sind noch keine vierzehn Monate zusammen", flüsterte sie auf dem Weg ins Schlafzimmer.

Vom selben Autor sind bisher folgende Bücher erschienen:

- Am Außendeich, Geest-Verlag 2020,
  ISBN 978-3-86685-812-1

- Erben verpflichtet, Geest-Verlag 2021,
  ISBN 978-3-86685-835-0

- Gelernt zu leiden ohne zu zerbrechen?, Verlag BoD 2021,
  ISBN 978-3-7534-4379-9

- Dorfkristallnacht, 2. Auflage, Verlag BoD 2021,
  ISBN 978-3-7557-3720-9

- Pommerland ist abgebrannt, Verlag BoD 2022,
  ISBN 978-3-7557-0732-5

roos-gerhard-autor.de